写作课

Creative Writing Class

东青——著

中国出版集团 现代出版社

图书在版编目（CIP）数据
写作课 / 东青著. —北京：现代出版社，2020.5
ISBN 978-7-5143-8473-4

Ⅰ. ①写… Ⅱ. ①东… Ⅲ. ①长篇小说—中国—当代
Ⅳ. ①I247.5
中国版本图书馆CIP数据核字（2020）第047560号

写作课

作　　者：东　青
责任编辑：申　晶
出版发行：现代出版社
通讯地址：北京市安定门外安华里504号
邮政编码：100011
电　　话：010-64267325　64245264（兼传真）
网　　址：www.1980xd.com
电子邮箱：xiandai@cnpitc.com.cn
印　　刷：三河市宏盛印务有限公司

开　　本：880mm×1230mm　1/32
印　　张：6.375
字　　数：127千字
版　　次：2020年5月第1版
印　　次：2020年5月第1次印刷
书　　号：ISBN 978-7-5143-8473-4
定　　价：38元

目录

1 噩梦笔记

2014年9月，英国

别抬头，别看她的脸。今天晚上躲过去了，你就没事了。朱迪反复告诫着自己，同时往被窝里缩了缩，把脖子周围的一圈被子都掖紧了，似乎这样能把邪恶挡在外面。雨滴敲打窗玻璃，每一声都在催眠，朦胧中潮气化身成一条滑溜溜的小蛇沿着窗缝往里钻。闭上眼睛，朱迪又回到了梦中的场景。

她还是一个人，站在一大片旷野上。有一刻她似乎在飞速地移动着，那几匹马向后退去，她能望出去很远很远，只是见不到一个人影。绝对的安静，耳畔只有风声，头顶的云朵走得很快，刚聚集了又被吹散。老谷仓躲在一个矮矮的山坡后面，偷偷地冒出一个角。再往前走，经过一个废弃的马厩，就看见了谷仓的正面，黑色的房顶，红漆斑驳的木门，还有爬满石墙的常春藤；沿着墙根摆着一排花盆，盆中的杂草和花一样高。四周连一个邻居都没有。她不知道自己是怎么到这里的，只觉得正在一步步地靠近谷仓。红漆木门的铜牌上刻着“远离尘嚣”，这让她记起了那本从来也没读完的书；朱迪刚想伸手去触摸那几个字，门就打开了，她迈步进去。

屋里像一个黑洞，她不得不手扶墙壁让眼睛适应一会儿。石头墙上没有像样的窗户，只在粗糙的墙面上凿出几条窄缝并镶上玻璃；两三道细细的阳光从缝隙中挤进来，企图照亮这一团黑暗。尽管朱迪小心地移动着，地板还是在脚下嘎吱作响，仿佛在抱怨她太沉了。她觉得这声音有些耳熟，只是想不起在哪儿听到过。也许是在她另一个梦里？仿佛是沿着同样的路径，朱迪又站在了自己昨晚甚至前天夜里的脚印上，一定是这样的，因为她看出去的角度完全一样。

房顶上有很多粗黑的椽子，横穿正中的大梁上垂下一条绳索，而绳子的另一头就勒在康妮的脖子上。她就这样挂在偌大的谷仓中，如同一条被遗忘了的熏三文鱼。朱迪不想再看了，可是她一步也动弹不得，有什么人用力撬起了她的下巴。

康妮穿着一条黑色的紧身裙，裙摆很短，流苏很长。这让朱迪想起小时候玩的宫灯穗子，长长一束垂下来，让人忍不住用手去托它，掌心里是凉凉的柔滑。屋里忽然有风吹过，风带起了康妮裙摆上的流苏，就连原本僵直的尸体也变得轻柔了，一下一下地舞动起来，然而摇摆的幅度越来越大，似乎在摆脱颈间的绳索。

朱迪害怕起来，想跑却迈不开腿。这是梦，她提醒自己，死人是伤害不了你的。康妮·拉塞尔永远沉默了，就像一条毒蛇被打了死结。一想到这个朱迪甚至有些高兴。但她猛然记起自己不是一个人来的，玛格丽特在哪儿？她回头去找，然而身后是空的。

“帮帮我！”康妮大叫了一声，双眼圆睁活像两只鼓胀的鱼鳔。朱迪吓得直往后缩，想躲在什么后面却无处可藏。

“帮帮我！”

这一回吼声更响了，感觉全身都在使劲。她的四肢像断了线一般抬不起来，只能不停地扭动躯干，看上去像一条垂死的大鱼在拼命甩尾。见朱迪迟迟不肯行动，康妮更气愤了。她的眼珠越胀越大，从尖削的脸上一路鼓出来，上面的血丝都清晰可见，终于伴随一声巨响炸开了。

朱迪醒了。估计她踢腾的动作有点大，连身边的鼾声也止住了。

“别开灯。我没事……就是做了个噩梦。”

身边的人并没有坐起身，只含混地哼了一声。她近来的噩梦比经期还有规律，而事情一旦有规律可循，就没有什么可担心的了。果然，床另一边的呼吸很快均匀起来，片刻之后，鼾声也恢复了。

朱迪想翻个身接着睡，被子却捆得太紧了，只好先给自己松绑。直挺挺地躺了一会儿之后，她放弃了，蹑手蹑脚地下楼去找安眠药。那位好心的医生提醒过她，每晚都服药就不起作用了，她尽量忍着不吃，但今晚例外。接自来水的时候，她在漆黑的窗户上看见了一个身影，误以为是康妮站在窗外，吓得差点把水杯撒了手。

服过药，她倚靠着冰箱定定神，听热水在管道里发出咯咯的声响。厨房是一个人最后的避难所，“夜草”更是治愈噩梦的良药。不过在开吃之前，她需要把今天的梦记录下来。最近几天朱迪一直坚持做噩梦笔记，这在她是难得的定力了。按老师的说法，即便是最糟糕的经历，作家也能挖掘出有价值的体验；如果把这句话翻译一下，就是利用自己的悲剧来成就自己。朱迪长叹一声，仿佛想排空胸腔里的晦气，感慨自己三十好几了从北京搬到英国，刚刚安顿下来就撞见了一具死尸，算不上悲剧，顶多是背运罢了。让她心烦的是梦境中有种似曾相识的感觉。朱迪甩甩大脑袋在桌边坐下来，翻开了噩梦笔记。

前天的记录写道："女人滑滑的长发蹭在脸上，就像一个凉飕飕的丝绸枕头贴着面颊。"她皱了一下眉头，真矫情，而且逻辑也不通。在梦中自己站在地板上，死者吊在半空中，她的头发再长也垂不到自己的脸上。不知道心理学家会怎么解释自己这种现象或症状。她一篇一篇地翻着，怎么可怕的东西经自己一描绘就变得稀松平常了呢？难道这就是噩梦笔记的唯一价值？

她一边叹气一边拉开了冰箱门，逐层审视着，也许可以烤一片面包，再放上一层薄薄的奶酪。她犹豫着，想象奶酪在面包片上慢慢融化。吃药肯定会刺激胃，她从来也没胃痛过，但是不能不防。她小心翼翼地关上了厨房门，"夜草"是一种不宜声张的幸福，老公从没对她的体重发表过意见，然而还有体重秤。

朱迪再钻回被窝的时候，肚子里都是正能量，一心想着北京冬天的暖气，火锅，各种涮的小料，甚至连静电都不让人觉着那么讨厌了。英国的冬天冻不死人，但永远没有暖和的时候。此地的寒湿有一种灵性，不仅会专挑领口袖口的空隙，还能顺着毛孔钻进你的骨头缝里，湿乎乎阴飕飕的甩不掉也拔不出来。困劲终于上来了，迷迷糊糊中朱迪感觉身体在一直往下沉，她并不担心，感觉有一张柔软的网托住了她，或是一把舒适的扶手椅？这是在哪儿，怎么会有火苗一闪一闪地在炉膛里跳舞？小桌上摆着热茶，现烤的松饼，杯碟不时碰撞出脆响，还有人在背景中说话：“这电子火苗是不是很美……明知它是假的，你还是会喜欢……”这是玛格丽特的声音……多好听的英音，听着一点都不费劲，什么时候我能练成这样……“亲爱的，电子火苗是不是很美……”玛格丽特的声音继续在她耳畔萦绕，如同一首循环播放的单曲。很快，朱迪的鼾声就盖过了它。

2 墓地的早晨

6 个月前

“This taste I seem to forget.”

以“t”开头，以“t”结束，每一行诗句起首的和末尾的字母必须保持一致。这可比我想象的难多了，杰弗瑞真会给学生出难题。玛格丽特·汤普森摇摇头，嘴角却浮起了微笑。虽然苦思冥想半天只收获了一句，好在她的双手一直没闲着，祭坛上方的大捧花束已经初具规模。她退后几步，从不同角度审视自己的作品，脸上的笑意更浓了。这是一个春天的早晨，整座教堂只属于她一人；阳光透过彩色玻璃窗照进来，纤尘在光束中起舞，静谧而空灵。墙壁上的棕色镶板已经暗得发黑，像是一个古老的画框，将她手中的花朵映衬得格外年轻。

教堂的鲜花装饰工作通常由两名志愿者一起打理，玛格丽特和詹尼，她们年纪都在六十出头，前者娇小，后者壮硕。詹尼是村子里公认的“绿手指”，也是花卉俱乐部的主力，以往都是按她的想法安排花坛，玛格丽特打下手。今天詹尼请假了，玛格丽特要抓住这个机会来展示一下自己的审美。如果詹尼在的话就不会这么安静了，她的声音会像管风琴一样在整座教堂中回荡：她的小孙子是个天才，五岁就能同时说英语和波兰语，而孩子母亲是波兰人这一点并不重要。每一次玛格丽特都很配合地啧啧赞叹，她不喜欢让别人失望；至于自己的三个孙辈，她打心底里爱他们每一个人，只是不准备随时展示他们的照片。她花了三十年去做别人的妻子，在剩下的时间里，她不想只做别人的祖母。

玛格丽特解下围裙，低下头检查了一圈，婴儿蓝的薄羊毛衫和藏蓝色的筒裙都整洁如新，既没打湿也没剐上玫瑰刺。她把剩余的花枝归拢挑拣，整理成一束捧在手里，慢步出了教堂。格林顿村的教堂其实挺小，但胜在古朴雅致，有郁郁葱葱的古树和春天的花朵环绕着，美得简直可以入画。

教堂的后侧是一大片墓地，绿意更浓也更安静。上百块石碑默然肃立着，有些字迹已经看不清了，还有的必须靠金属柱加持，偶见镌刻金字的黑色大理石墓碑，崭新得如同异类。只要不下雨，经常能看到白发苍苍的老太太手捧鲜花而来，站在墓碑前轻声叙叙。至于原因，可能是英国女性的寿命普遍比男性长；也可能是和男人相比，女人拥有更长久的怀念。

玛格丽特一边走着，一边继续在脑海中筛选适合的单词。如果克利夫还活着的话，他倒是很擅长这类事情。她叹了口气，作为一名律师，克利夫不是一般的口齿伶俐，而是一位语言大师，平平常常的一句话，经他的口说出来就会别有深意，深刻到你的皮肤里，想拔都拔不出来。她努力收回思绪，想着今天下午还要去剑桥一趟，和那位可爱的四川姑娘喝下午茶。

玛格丽特在剑桥有一栋六间卧室的房产，是克利夫父母留下的老宅，长年对外出租，基本上一间屋住一名留学生。以往虽然有中介打理，但是每当有新租户入住，浴室的地板就免不了泡水；无论你怎样提醒，总有人记不住英国人家的浴室是没有做过防水处理的；加之老房子难免出些小状况，总是让她不胜其烦。

当这个瘦小的中国女孩提出想做二房东的时候，玛格丽特怀疑自己是不是听错了，她年轻得就像一名中学生。琼没有放弃，精心准备了提案还烧了几道家乡菜。川菜让玛格丽特流下了眼泪，她只好左手纸巾右手冰水地听琼讲解租户管理计划，房子的现状与维护方案，一边对照自己心里的那本账。除了这栋房产外，亡夫还留下一些投资收益，她的余生可以过得相当舒适，应该把有限的时光用来享受，花在那些一直想做却没机会做的事上，而不是去应付泡水的地板。玛格丽特很羡慕眼前这个特能吃辣的姑娘，钦佩她的勇气与精明。自己当年如果能勇敢一些，是不是就不会落到今天这般境地了？时至今日，两个人合作愉快，琼也打消了让她爱上川菜的念头。

站在教堂门口，玛格丽特闭上眼睛深深地吸了一口气；空气中充满了草汁的青涩，还有她手上的花香。感谢主赐予我新生，我一定会善待自己，珍惜每一天。在明媚的阳光下，她浅金色的发根暴露出少许灰色，眼角的细纹也更明显了，但腰身依旧挺拔，及膝裙下一双小腿纤细笔直。在她睁开双眼的瞬间，湛蓝的双眼中似乎有泪光在闪动。

她走到一块墓碑前停了下来，俯身去拔掉花瓶里枯萎的白玫瑰，换上了一束娇艳欲滴的黄玫瑰，然后小心翼翼地避开花刺去摆弄花枝。石碑上刻着几行银色的字：

克利夫·理查德·汤普森，

1948—2013，

挚爱的丈夫，父亲与祖父，

你将永远在我们心里 / 每一天都爱你想念你，

很遗憾，克利夫不喜欢玫瑰也不喜欢黄色，但这有什么关系呢，人到了另一个世界也许会改变主意的。至于她自己，则一直钟爱玫瑰花，尤其是黄色的。

一只罗宾（欧洲知更鸟）飞过来，好像一只橙色的乒乓球突然降落到克利夫的墓碑上。玛格丽特盯着小鸟看了一会儿，人们都说罗宾鸟能把死者的信息捎给你。她想象不出克利夫可能会对她说些什么，那些该说的和不该说的，他都已经说过了。罗宾鸟似乎并不在意它的使命，在墓碑上跳了两跳就忽地飞走了，和它来的时候一模一样。

黑色的大理石墓碑光可鉴人，细看才发现下雨溅上了一些泥点，玛格丽特不由自主地掏出手帕去擦拭，克利夫的洁癖已经传给了她。没擦两下她就停住了，隐约感到身后有一双眼睛在盯着自己。她把手扶在膝盖上慢慢直起身来环视四周，墓园里连一个人影都没有。可能是自己想象出来的。死人从来没有令她不安过，需要担心的是那些活着的。

3 爱上了未亡人

丹尼尔把刚买的报纸对折起来，夹在腋下往家走。就在几分钟前，小学校门口的这条路还被汽车堵满了，眼下连护送孩子们过马路的棒棒糖女士都不见了踪影。第二批遛狗的人开始出动，早起的那一拨已经赶去上班了。

阳光暖暖地照在丹尼尔身上，却没有驱散他心中的伤感，他边走边感慨纸媒体的消亡速度已经快过了他的衰老，如今连邮报都改成每周一期。他喜欢报纸拿在手里的感觉，把它们展开再一下子抖直了。他当然可以上网看新闻，但网上的胡说八道要比报纸上多（当然他说的是正经报纸，不是《太阳报》那种八卦小报）。理智告诉他，这些都是习惯而已，和那些只会用一根手指刷手机的年轻人没有本质的不同，自己都开始编科幻小说了，更该拥抱新科技。丹尼尔在理论上做到了，行动上还有差距。

从远处看，丹尼尔有点像老式插图里扫烟囱男孩扛在肩上的那杆大刷子。他身材瘦长，一头浓密的灰发足有一英寸长且根根倔强地直立着，这几乎成了他傲视同龄人的资本。不少人一见他竖直的头发和方正的下巴，就会推断这是一个犟脾气的老头儿。的确，丹尼尔今年六十五岁，离异，独居，在村里住了两三年，大多数人还无缘见识他温柔的一面，除了她。

远远地，一个亚洲女人牵着一条小狗朝这边走来，打了一声招呼："早上好。"

丹尼尔立刻回应："早！今天天气真好！"

等女人走过去了，他才扬了扬两蓬草似的眉毛，她那张圆脸怎么平得像沙发靠垫。不过这倒提醒了他，应该去一趟市中心的中国超市，家里的罐头云吞汤都吃完了。对于一个只会简单料理的单身汉来说，储备非常重要。也许这一次他可以冒险尝试一下玛格丽特推荐的速冻点心，至少和她多了一份谈资。想到这里，他不禁琢磨起什么时候玛格丽特才会邀请自己去她家里吃饭；通过她带到课堂上分享的姜饼和苹果馅儿饼，就能看出她的厨艺精湛。

村里人看见丹尼尔走路的样子，总以为他在赶时间，殊不知他有大把的时光无处打发。几年前，刚刚退休的丹尼尔决定把家搬回格林顿村——自己出生的地方。伦敦让他无法忍受，拥挤，尾气，在每个街角都可能撞见前妻和她的男人。他怀念记忆中开阔的绿野，去湖边钓鱼，或者在自家花园里种些什么。一开始，他高兴地发现村子的老区几乎没变，许多地方他一眼便能认出来：道路依然狭窄弯曲，只是增添了一些减速路障；街角的杂货店由一对年轻的印度夫妇接手生意；炸鱼薯条店易主给了戴眼镜的香港夫妻后，依旧卖炸鱼薯条，菜单上并未出现宫保鸡丁。但是村外一大片乱木丛生的密林不见了，他儿时探险的圣地，如今盖满了独栋的红砖房，变成了延展出来的新村。

路过村子教堂的时候，丹尼尔老远就看见了玛格丽特。他刚想招手，却见她闭着双眼倚靠着大门一动也不动。丹尼尔一下子紧张起来，这是怎么回事，是不是她的心脏出了什么问题？他加快了步伐，一边掏出手机来准备叫救护车。他再抬头看时，玛格丽特已经出了大门，手捧着一束鲜花朝后面的墓地走去，显然没有看见他。丹尼尔怔在原地，盯着她的背影看了一会儿，她走得很稳，一点不像生病的样子。看来是一场虚惊，倒是把自己的心脏吓得扑腾扑腾的。他犹豫了一下，没去跟她打招呼而是继续往家走，一边走着两道浓眉就拧到了一起，“till death do us part”，克利夫去世都快三年了，她怎么还放不下呢？

丹尼尔和克利夫曾经是同学。回想起来，十二岁的克利夫是班里的小霸王，聪明漂亮，总有人心甘情愿地为他效力；丹尼尔并不属于那个小团伙。他刚搬回村里就赶上了克利夫的葬礼，听说是死于心衰。很难想象那个酷爱恶作剧的男孩长大居然会有一颗虚弱的心脏；他记得当年有不少女孩倾慕克利夫，难道说玛格丽特对他念念不忘，也是因为那张漂亮的脸？

他第一次遇见玛格丽特也是在教堂，克利夫的葬礼。他还清楚地记得那天的情形，葬礼上来了很多人，但一张熟悉的面孔也没有。丹尼尔慢吞吞地跟在人群后面挪动着脚步，他的视线很快被一双笔直的小腿吸引住了。

那天下着小雨，草地上有些湿滑。丹尼尔觉得葬礼最适合安排在雨天，被打湿的面颊正好替代流不出的眼泪；即便你不为死者感到难过，天气已足够让你感觉沮丧的。似乎其他人并不这样认为，雨水让土地变得松软，许多女士不得不倚在男伴的臂弯上与地面展开搏斗，细长的鞋跟一次次陷入泥中。除了她。她没用别人搀扶，步伐稳健，脚上是一双小巧的黑色皮鞋，方正的鞋跟看起来很舒适。这看起来像个有头脑的女人，很清楚要走什么样的路，面对什么样的风雨。丹尼尔的注意力都集中在那双纤细的脚踝上，不知不觉就走到了近前。那双脚突然站住了，她转过身来望着他。

“你是谁？”

匆忙之间，丹尼尔往后退了一步，脸上有些发烧，觉得自己像一个贸然闯入葬礼的陌生人。

“我……克利夫是同学，很小的时候……我是丹尼尔。”他犹豫着自己该不该伸出手去。

她张了张嘴，那双美丽的眼睛在面纱后面忽闪了一下就暗淡下来。

“我还以为是……”她的声音轻到听不清，随即转身走了。

丹尼尔的心里被戳了一下。他机械地跟着别人往前迈步，脑海中却不断重放着刚才那一幕。离得这么近，他可以看清黑色纱网上镶着细小的水钻，乍看像是晶莹的泪滴；还有她眼神中的惶恐与无助，这真教他难受，一心只想能为她做点什么。

在过去的两年里，为了接近玛格丽特，丹尼尔将自己的兴趣扩展到了一些从未涉足过的领域，比如园艺、烘焙和写作；努力的结果是将两个人的关系从熟人上升到同学。丹尼尔并没有灰心，在他的小说里，玛格丽特和他将在火星上相遇，有一项神秘的使命需要他们共同去完成。

快到家门口了，丹尼尔突然犯起嘀咕，他把新写的一章发给杰弗瑞的时候，是不是忘了加附件？

4 慢生活有难度

这种老牌的资本主义是不能催的。

星期三下午五点，朱迪抻长脖子等了二十分钟还不见公交车的影子，她来回活动着站酸的两腿，最后一屁股坐在了候车亭的长凳上。今天晚上是第一节创意写作课，她可不想迟到。本来报名的时候，她就对自己的英文水平是否能跟得上比较没底；眼下时间飞逝公交车却迟迟不来，她越来越强烈地感觉要砸锅。怎么能够没地铁呢？都怪自己太天真，把这小城的生活理想化了；想过慢节奏的生活，你就得等得起。

刚从北京搬过来的时候，她照旧急急火火地赶路，却发现滚梯上别人都站着不动，看她一个人吭哧吭哧地往上爬；她以为工作上的快速反应能给对方留下好印象，人家却嫌她催逼得紧。过去这些年她就像跑轮里的仓鼠一样带劲儿，至于为了什么往前冲，她说不出来，反正答案总是在前面等着她。也许压根儿就没有为什么，身边的人们都在冲刺，你不跑都不行。如今在这座英国小城一落脚，她不仅刹不住车，也踩不准步点了，看来需要调整的除了时差之外还有很多。不过凡事都有正反两面，朱迪的眉头略微舒展了一点，在英国的这几个月里还从没有人说她胖过。

旁边一位英国老大爷反复地看表，终于开了腔："半个小时了，我要让他们知道我是怎么想的。"他话音刚落车就来了。大爷三步并作两步上了车，朝司机亮出老年证的同时吼出一连串“F”开头的排比句；玻璃墙有效地阻隔了喷溅，司机面无表情地坐在后面。他等老人家发泄完找位子坐下后，才跟下一位乘客收钱卖票。一见这阵势，朱迪心头的怒火全消了，只想把刚才那些句子都记录下来。她往车厢后面走，经过时朝大爷点头致意；老大爷威风凛凛地一颔首，颇有些同仇敌忾之感。

车子终于开动了，经历了方才那一阵骚乱后车厢里显得格外安静。朱迪靠窗边坐着，手掌心托着圆下巴。车窗外的街道有点眼熟，她总是记不住它们的名字，这条街道和那条街道在她看来没有什么两样，窄窄的拐来绕去，永远没有一条笔直的。按理说在这里认路应该容易些，北京有多少环，而彼得堡全城就一环；在高楼大厦的夹缝中住久了，怎么看这座城市都嫌矮，仿佛是蹲在地平面上，好处是一抬眼就能看出很远甚至望到天边。除了不太准点之外，朱迪还是蛮喜欢坐公车的，可以放松地走神，还不用担心走丢了。

和英国的胖子们相比，朱迪显然不够级别，不过人家胖得有技巧，身形巨大脸还是小小的；而她恰恰相反，脂肪都一股脑儿地聚集在脸上，一般人只瞅一眼就断定她是个胖子。从远处看，一张银盆大脸又白又暄；凑近看才发现五官还算端正，小小的鼻头，淡眉凤目。她原本指望用服帖的波波头来包住两腮的肉，但不是很成功。

因为姓朱，她才起了 Judy 这个英文名字。半年前，她跟随英国老公搬到了英格兰中部的小城彼得堡，这里号称英国的环保之都，树很多，人很少。小城既没景点也没名校，在国内的知名度几乎是零，也难怪有朋友误以为她搬去了俄罗斯的圣彼得堡。

如果你问当地人彼得堡有什么，他们都会骄傲地告诉你：我们有大教堂。彼得堡与剑桥同属剑桥郡，在彼得堡土著人眼中，虽然剑桥名扬四海，虽然它是剑桥郡的首府，但剑桥是镇，彼得堡是市。为啥呢？因为我们有大教堂。

既然是本地骄傲，朱迪自然不会错过。大教堂确实比她想象中的宏伟，见证了小城历史上的雄厚财力。高耸的穹顶让她从进门的一刻起就自觉渺小；华美的彩色玻璃窗嵌满了两侧的墙壁。事后回想起来，她怀疑自己是被这些金碧辉煌晃花了眼，才会转头往犄角旮旯里瞅。

在墙角，一扇黑色的木门半敞着。见四周无人，朱迪便好奇地探头进去张望，里面是一条幽深的走廊，该不是通往什么密室吧。她听见了脚步声，昏暗的光线中一个穿黑袍的身影正沿着走廊由远及近。朱迪一惊，怎么看不见来人的脸？一袭长袍是黑的，面孔也是黑的，是不是头发遮住了她的脸？为什么是“她”？牧师的袍子都是一样的，自己怎么知道是她而不是他？朱迪忽然觉得胸口憋气，不由得张大嘴巴使劲呼吸。

“你没事吧，是哮喘吗？带吸入器了没有？”那个黑影转眼到了她的面前，关切地问道。

望着眼前这位女牧师，朱迪竟然说不出话来。对方很年轻，一头漆黑的长发，浅棕色的皮肤，大大的眼睛却是深蓝色的。

“我在哪儿……见过你。”朱迪吞吞吐吐地说。

“在哪儿呢？”女牧师一边锁上木门一边问道。

朱迪不好意思地摇摇头说想不起来了；对方再次确认她的身体没问题了，这才转身离开。朱迪盯着女牧师远去的背影，还是觉得眼熟，就是死活想不起来了。打那之后大教堂就上了她的黑名单，成了她在英国发现的第一个不宜涉足的地方。有时候她真觉得心里闹鬼，冷不丁地放出个黑影来吓自己个半死，转眼就再也找不见了。越是努力搜寻，越是一无所获；仿佛记忆的盒子落了锁，钥匙却不在她手里。

总站到了——市中心皇后大门，朱迪的盹儿也醒了。

5 穿 Jimmy Choo 的淑女

三个巨大的金属吊扇从大厅顶部垂下来，懒洋洋地搅动着空气。朱迪对着扇叶凝视了一会儿便体验到了催眠效果，恍如置身南洋。然而这里是英国，吊扇在此出现，只能说明彼得堡艺术学院里没有安装中央空调系统。

大厅里正在举办某位学生的画展，墙壁上挂满了水彩花卉与自然风光，清新得像刚刚被雨水洗刷过一般。朱迪从中认出了一两处当地的景致。画家是一位银发凌乱的老太太，七十岁开始学画，八十二岁时作品被选入 V&A 博物馆。看人家这么励志，谁还敢轻言老矣，朱迪朝自己点点头。二手书摊占据了大厅的一个角落，几个书架都严重超载了，从看似崭新的硬皮名著，翻到卷边的浪漫爱情，到纸皮的犯罪推理，旅游手册和菜谱全混在一处，没有分门归类，一本一英镑任由学生们自己去淘，拿了书就把钱放进桌上的诚实盒子里。

书摊旁还为读者准备了一对旧扶手椅。它们肯定优雅过，椅子腿和扶手上的雕花还依稀可辨，墨绿的天鹅绒面已经松塌，上面有些疑似是霉斑的黑点。朱迪很喜欢这种古旧的味道，只是不宜落座。她转身走到大厅的另一头，找了个四四方方的沙发坐下来。没想到，纵是坐了老天拔地延迟的公共汽车，她还是来早了。刚才经过教室的时候她扒窗户上往里看了，空空荡荡，今天她是第一个。朱迪打量着四周，奶白色的墙面和深棕色的房顶好像一块错位了的胡萝卜蛋糕，她忍不住朝餐吧的玻璃橱柜扫视一眼，还是算了吧，她不想被新同学撞见。

走廊的那头儿传来脚步声，朱迪假装看书眼睛却朝那边瞄出去：只见裙摆下一对笔直的小腿，脚踝纤细如芭比。等走近了些，她脚上那双银色的鱼嘴鞋该不是Jimmy Choo吧，想不到同学中还有这么时尚的。来人已到面前，朱迪猛然仰起头来。

“你好，我……叫……玛格丽特。”

朱迪一愣，面前这位一开口竟然说的是中文。

“你好，我是朱迪。”她也一字一顿地说，好像两人在练习情景会话。

“很高兴……你……我……”玛格丽特的嘴张了几下，却没说出话来。冷不丁地冒出两句：“恭喜发财！谢谢！”

朱迪被她逗乐了。对方也笑着用英语说：“这些是我学到的全部中文了，都说完了。”

要博得女人欢心，必先赞美她的鞋子，这应该是全球通用的。等玛格丽特同学一落座，朱迪便夸起她的Jimmy Choo来。

“你眼力真好。”对方忍不住把脚往前一送，朱迪立刻探头端详，银色的鱼嘴鞋上还用细细的金线勾勒出了鱼鳞图案，细致的做工更衬得一双脚秀美迷人。

“真好看，可惜我的脚太胖了，穿高跟鞋脚疼。”朱迪把后半句咽了回去：而且我也买不起。

“其实……有时候我也疼，但高跟鞋就像是我的毒品，戒不掉。”

两个人都笑了，朱迪放松了一点，也许融入新环境并没有想象中那么难。她偷眼打量面前这位同学，对方窈窕的身材像三十岁的；眼底和嘴角的皱纹却像是一位六十岁的老人。当她看着你的时候，矢车菊一般的蓝眼睛有一种奇妙的安神效果，仿佛能看到你正在脑海中酝酿成型的句子，并准备表示赞同。玛格丽特的鼻子不像很多英国人那样窄长高耸，而是小巧地翘着，这使得她的表情生动了许多。她的肤色有些苍白，只涂了睫毛膏和唇彩，小巧的珍珠耳坠，一头很浅的金发在脑后盘成光滑的发髻。

玛格丽特坐在沙发上哪儿也不靠，腰板挺直，小腿则优雅地侧向一边。这就是淑女风范吧，讲究但不张扬，端庄却无须端着。朱迪突然觉得自己的坐姿有点太舒服了，赶紧坐直起来，偷偷地把屁股往沙发前头蹭了蹭，努力把小腹往里吸。

说话间，朱迪翻出笔记本记下了对方的名字，并把“玛格丽特·汤普森”这几个中文字拿给对方看。

“这些图案太美了。你能精通一门这么复杂的语言，真了不起。”

作为鞭策教育下成长起来的一代人，朱迪对于任何形式的夸奖都珍惜，哪怕对方只是客气。为了掩饰脸红，她忙指着一行字说：“你注意到了吗？和英文不一样的是每个汉字之间没有空格。”

“真的吗？太有意思了。”

玛格丽特怎么看眼前这位新同学都觉得眼熟，彼得堡的华人并不多，莫非在剑桥遇见过？她想起来了，是琼在中国新年时送的贺卡，那上面的中国娃娃和这个朱迪很像，圆圆的脸上带着婴儿肥，一样梳着齐刘海儿，笑起来眼睛也是弯弯的。虽然朱迪看上去年轻，恐怕也有三十几岁了，写作班上从来没有过真正年轻的学生，有的是一群拒绝告别青春期的中年人。

谈话间，玛格丽特觉察出对方在不断调整坐姿，好像新姿势总让她不舒服似的。她不紧张才怪，在另一个国家，用另一种语言来写作。她记起自己第一次在课上当众朗读作品时，手指尖一直冰凉；其实不止第一次，恐怕是到了第二学期她的指尖才恢复正常。一想到这些，她不禁同情地望着这位新同学，希望她能承受住别人对她作品的评价，尤其是来自康妮的。杰弗瑞肯定喜欢有外籍学生，这能让他的课程实现文化上的多元化，但他会给这位新生多少帮助就难说了。可能是朱迪的口音让她想起了琼，或许对方怯生生的样子激发了她的保护欲，玛格丽特自己也说不清，为什么会在初次相见就果断地张开羽翼，将朱迪罩在了下面。

“时间差不多了，我们去……”她的话还没说完，就听见了一声尖叫。

6 准作家们的化学反应

一走进学院大厅，康妮就看见玛格丽特在和一个陌生人聊天。那是一个不起眼的亚洲女人，三十多岁，一笑起来眼睛就不见了；看两个人有说有笑的样子，并不像是初次见面。康妮不由得放慢了脚步。每当遇到有些愚笨的谈话对象，玛格丽特总会表现出异乎寻常的耐心；她做出这种姿态时很自然，除非你很了解她，否则不会觉察出一丝一毫的屈尊俯就。今天玛格丽特的笑容中多了一倍的和蔼可亲，看来夫人阁下找到了一名新陪护；笨不是问题，只要她忠心。

"嗨呀！玛格丽特！"康妮叫了起来，这两个女人的谈话该结束了。玛格丽特是她最好的朋友，她不想跟任何人分享这份友谊，至少现在不行。

朱迪一惊，只见一只瘦骨嶙峋的手臂突然环绕住玛格丽特的肩头，然后又伸向了自己。她赶紧伸出一只手去，打算用握手格挡一下，没想到对方还是给了她一个大大的拥抱，又像鸟儿一样在她的面颊上啄了两下。英国人一般不是这做派。等来人一屁股坐进了旁边的沙发里，朱迪才有机会看清楚她的长相。

万圣节，这是她脑袋瓜里蹦出的第一个词；没有人比她更像巫婆了，当然，她是摩登版的。一头长长的黑发被一支铅笔固定在头顶，可惜缠得不牢，随着她动作不断有丝丝缕缕散落下来；

眼睛虽然很美，但鹰钩鼻更为醒目，薄薄的红唇好像是刀片划开的一道血口子；康妮的年龄很难判断，可能是三十五，也可能是五十五；黑色长裙勾勒出她的瘦臀削肩，双臂不畏寒地裸着，颈间却被缀满流苏的围巾裹了个严实。

玛格丽特为她们两人做了介绍；朱迪不由得瞪大了眼睛，眼前这两位居然是好朋友，从外形到举止相差得也太远了。三个人同时起身往教室走。朱迪偷眼打量着康妮，这个女人实在太瘦了，若不是衣服包裹得紧，那些骨节都能钻出来扎手。不过瘦给了康妮乱穿衣的自由，可以随性洒脱，完全不必顾虑小肚子、蝴蝶臂和粗腿这些需要藏肉的地方，正是这种毫无顾忌的派头让她看着眼红。

“你喜欢推理小说？太好了，我喜欢心理悬疑、惊悚、灵异、哥特式小说，我们肯定有很多可聊的……有机会你一定要给我讲讲东方的恐怖故事，我非常喜欢中国女鬼的服饰……”

康妮的语速快得让她自己透不过气来，一会儿就要捂着胸口喘息，一会儿又自顾自地大笑起来。为了跟上她说话的节奏，朱迪不得不聚精会神，如同迎接一场高难度的听力测验。当对方一边比画一边赞美着女鬼美丽的袍子和发型时，朱迪愣了一下，心想这鬼肯定是东瀛的，但不便点破，把中日两国文化搞混在西方人是常事。眼下她的注意力全被康妮占据了，完全没有意识到其他人投来的目光。

创意写作课的教室如同一个迷你的半圆形剧场，几排课桌椅呈扇形排开，半环绕着位于教室前方的讲台和白板。这会儿，学生们也像观众一样提前到场了，边找座位边和熟人打招呼，一起消磨掉开场前的几分钟。在教室的另一头，伊芙琳和佐伊正在窃窃私语，时不时地朝朱迪这边瞥一眼。伊芙琳有一头柔滑的栗色长发，每次转头的时候，长发就会甩出一个美丽的弧线，似乎在演习洗发水的广告。佐伊的身子努力往前倾，几乎把一对乳房都放在了桌面上，胸前的扣子随时有迸射出去的危险。两个人都在四十出头，伊芙琳擅长写在情路上跌跌撞撞的女性浪漫小说，佐伊的作品是针对青少年读者的历险故事。佐伊侧过头去说了句什么，伊芙琳的长脸上露出慵懒的微笑。虽然隔了一个座位，丹尼尔还是听见她们在说“表演欲”，不觉微微地一笑。佐伊立即捕捉到这个笑容，朝他眨了眨眼睛，瞬间与丹尼尔建立起同盟。

丹尼尔远远地打量这位新同学，她看上去有点笨，但至少正常。也许这一点点笨拙，令她更适合做玛格丽特的女伴。康妮突然又爆发出一阵笑声，响亮得让人无法忽视。丹尼尔烦躁地在椅子上挪动着身体，奇怪怎么还不到上课时间。他不喜欢看玛格丽特和康妮搅在一起，那个女人有毒，一直都在利用她。玛格丽特是一位很富有的寡妇，这一点康妮非常清楚。他看见伊芙琳和佐伊同时站起身来，向新同学走去。丹尼尔并没有跟她们一起过去，一看见这么多女人扎堆说笑就让他觉得头疼。

当朱迪望见这一胖一瘦的两位女生向她走来时，不由得舒了一口气，终于能有人来打断康妮了。然而这么想着，她又觉得自己辜负了人家的热情。

这两位说话到了近前，康妮的演讲不得不告一段落。趁这个间隙，玛格丽特小声做起了推销，她指给朱迪看教室后面靠墙而立的书架，中间的整整一层都是老师杰弗瑞的作品。朱迪赞叹的同时也心下会意，同样在此售卖的还有彼得堡写作俱乐部月刊和历年的获奖选集。

“一加入写作班，你就直接成为写作俱乐部的会员了。”玛格丽特说着递给朱迪一本写作月刊。

原来还是套餐，朱迪赶紧掏出钱包履行会员的义务。她把月刊拿到手里翻了翻，薄薄的一册彩色打印，纸质不错，但从配图到排版还有无限大的提升空间；她没多嘴，说不定这还是在座某位的得意之作呢。她记起当年在大学里的文学期刊，印刷上要粗糙很多，但也比这一本厚多了，因为每一位作者都刹不住笔。

这边女作家们的谈话还在继续。相比康妮的滔滔不绝，伊芙琳说话很慢却不容打断：“……最大的差别就在于，我们书中的主人公往往能活到最后，而且得到他们想要的。”

“无聊。”康妮挑衅似的一扬下巴说，“你们不觉得太可预期了吗？”

伊芙琳和佐伊相视一笑，然后一齐转向康妮摇了摇头。

“我嘛……喜欢在小说开头部分就杀死所谓‘好人’，这样能打破沉闷，让读者惊醒……”

“可怜的读者……”伴随着一阵急促的轱辘声，一名拖着拉杆箱的中年男子出现在众人身后，他中等个头，中段发福，无框眼镜，络腮胡子。让一名英国男士决定蓄须的原因通常有两种：一是头顶日渐稀薄，出于补偿心理开始蓄须；二是双下巴出现了，留络腮胡子可以起到修饰脸型的作用，这跟女士用腮红增强面颊立体感是一个道理。就眼前这位男士而言，以上两条均适用。

“说到谋杀，刚才在火车上我差一点就杀掉坐在对面的商务精英，她肯定在打一封全世界最重要的邮件……”说着，男子把拉杆箱往身边一立，双手夸张地模仿起打电脑的动作。“她每敲一下键盘都像在发送一颗核弹。”众人哄笑起来。男子在人群中发现了一张新面孔，马上伸过去一只大手：“你好，我是卢克。”

“嘿，我是朱迪。”想不到同学中还有天天跑伦敦的火车通勤族，这么拼可不像把写作当消遣的。朱迪觉得对方的手热乎乎的，好像裹了一路的征尘。

与此同时卢克也在感叹，为什么写作课从来就吸引不到年轻人呢？仿佛这是一件落伍的事，是一群无望的中年人的自娱自乐。

快上课了，每个人都坐到了自己习惯的位子上。玛格丽特和康妮坐在一块儿说话，忽然看见朱迪还站着，就向她招手，又指了指自己右手边的空位。朱迪心头一暖，立即坐了过去，还没等她坐稳就听见有人说：“哎呀，我们有十三个人！”就这一句话屋里顿时安静下来，所有人都在忙着清点人数。

所幸片刻之后老师走进教室，才破了十三这个数。

7 她比小说更惊悚

杰弗瑞四十七岁，几乎是一副标准的学者模样，瘦高的身材，黑色玳瑁眼镜，灰色西装，两颊刮得干干净净，只有那一头长及衣领的灰亮鬈发带出点艺术家的不羁。他在讲台后站定，一眼就发现了学生中的新面孔。这就是那名华裔女生了，虽然她没有月亮般的美貌，但是她的脸跟月亮一般圆。杰弗瑞微微一笑。

“很高兴看到新面孔出现。众所周知，彼得堡作家俱乐部是一个文学吸血鬼社团，我们一向喜欢从新鲜血液中获取灵感，没有人会否认这一点吧。”

所有人中康妮笑得最响，杰弗瑞飞快地瞥了她一眼，然后请朱迪做自我介绍。

片刻之后朱迪在一片掌声中坐回椅子上，颇有点受宠若惊。根据学校网站上的介绍，杰弗瑞·艾恩斯是一位高产的本地作家，出版了二十几部作品，从历史题材的浪漫小说、传记文学到悬疑推理，题材相当广泛。朱迪挨个儿研究过那一长串笔名，然而一个也没认出来，都怪自己看书太少。眼下她竖起耳朵仔细听，老师的英音称得上优美，他低沉的嗓音中混入了一种沙哑的特质，这恐怕是私立学校和足量烟酒的产物。老师一边说着一边从讲台后面走出来，将厚厚一沓打印件分发给每个人。按照玛格丽特方才介绍的，每节课都以作品分享开始，学生们把新近完成的章节或诗作发邮件给老师，在课堂上由作者本人朗读（如信心不足可以请老师代读），然后请大家点评。朱迪从老师手里接过两页纸，轻声道了谢。

今天是康妮的作品，以女探长莱斯利为主人公的惊悚小说。开始朗读前，康妮对以往的情节做了简要回顾：大约一年前，莱斯利的丈夫尼克在去加勒比海度假时神秘地失踪了，据推测是在游泳时溺水而亡，但始终没有找到尸体。莱斯利深受打击，不得不离队休息一段时间，这是她复出后接手的第一个案子。

莱斯利探长在岸边站定，看打捞队员再次潜入水中，这么久还不能把尸体弄上来，下面肯定出了状况。此刻夕阳洒满了河道，把周围的一切都染上了金光，这原本可以是一个美丽的下午。

终于，尸体浮上来了。

莱斯利恍惚觉得自己是在剧院的包厢里，俯视着舞台上的奥菲利亚。死者身穿一件宽大的绿色长袍，金色的长发像美人鱼一样四散开来，里面还夹杂了大量的水草，仿佛无数根纤长的绿色手指，紧紧地缠绕住发丝，一路攀缘而上伸进了女尸的颅骨。

“那漂浮着尸体的河里长满了水草，好像丝绸的绣床。”她不由自主地说出了声。等等，她确实在哪里见过面前这景象，是了，就是那幅《奥菲利亚》。那是在泰特博物馆，她和尼克一起站在油画前；她搞不懂为什么表现死亡的画作充满了明艳的绿色。尼克很欣赏它，还说在一片勃勃生机中死去是美丽的。尼克失踪的地方是她平生见过的最美的海滩；吃早餐时他们还在商量如何庆祝结婚纪念日，两个小时后，只剩下她一人在海边痛哭。

尸体被安放到岸边，莱斯利走到跟前，仔细对照她刚在手机上搜到的油画图片。死者衣裙的细节与《奥菲利亚》中描绘的一模一样；唯一不同的是，死者的腰围纤细得令人难以置信。

她一抬头正遇上法医的目光，后者对她点点头："至少折断五根，唔，也可能是六根，暂时还没发现其他伤口。"

莱斯利没说什么，她希望这些肋骨是在死后被折断的。

整个晚上，莱斯利都在反复研究尸体的照片。当她躺在床上的时候，脑子里还在回放下午那一幕幕画面。猛然间，那些曾经如丝绸绣床般柔软的水草，好像被激活了一样，蛇一般地扭动起来，向上穿透了奥菲利亚的身体。越来越多的水草从她冰冷的双唇间钻出来，从她张开的掌心钻出来，从她每根肋骨之间的缝隙钻出来，然后遇到了一起，纠集着，缠绕着，如同一捆湿漉漉的绿色钢缆，愈缠愈粗，愈缠愈紧，都能听见她全身的骨头在一起咯咯作响……

"莱斯利，你醒醒，你在做噩梦。"

这是尼克的声音，莱斯利知道自己又做梦了，她不想睁开眼睛，只伸出手去摸向了床的另一边，那原本是属于尼克的一边。只是这一次，她的手没有摸空。

“啊——！”她猛然抽回手，拧亮了床边的台灯。

果然是尼克。他坐在大床的另一头，看上去比一年前瘦了一些，头发湿漉漉的。

“你是谁？”她低声问道。

“你知道我是谁。”

“你已经死了。”

“我没有……我……曾经死过。”

“你什么意思？”

“我曾经死过。”他重复道，“现在是我的第二次生命。”

莱斯利打量着眼前这个男人，他们共同生活了四年，她从未怀疑过他之前是否有过精神病史。或者，他的失踪是因为头部受到了创伤？虽然她有上百个问题想问，但直觉告诉她应该先叫救护车。尼克的眼神中有一种古怪的东西，她以往从未见过。

“今天下午你们在河里捞起了一具女尸。”尼克突然说道。

“你怎么知道的？你跟踪我？”

尼克摇摇头说：“他……是我的弟弟比利。”

莱斯利让对方重复了一遍，她悄悄摸向了手机。

“不，你别报警！我没杀人也没疯。”尼克紧盯着她的眼睛说，“你必须相信我。我们六个人一起逃出来的，不，是六个鬼魂。”

尼克一口气往下讲，莱斯利几乎不敢相信自己的耳朵。尼克，比利还有其他四个年轻的鬼魂偷偷逃回人世，企图寻找重生的机会。通过窃听慈善机构的自杀救助热线，他们锁定了六名怀有强烈自杀倾向的人选作为自己的宿主，然后寸步不离地暗中守候，只等自杀发生的一刻接手对方的躯壳，开始自己的新生。莱斯利感觉一阵反胃，在她的脑海中一群丑陋的秃鹫正在濒死之人的头顶不停地盘旋，只等他们倒下便可大快朵颐。

尼克似乎读懂了她的想法，连忙解释道："我们没有伤害过任何人，或者促使自杀发生，这完全是他们自己的选择。只不过在死亡降临的一瞬间，我们保住了那具躯壳，没有让它一同被毁灭。"

"你就没有想过，我有权利知道这一切。"莱斯利目不转睛地望着尼克，她掌心里的手机已经解了锁。

尼克忽然站起身来，警觉地侧耳倾听着同时示意她别出声。等他再开口时，声音冷了很多。

"我必须走了。今天来是希望你能帮我。他们会把我们全部杀死，一个也不剩。"

"他们是谁？"

"猎人，地狱的守卫。"

"为什么……"她刚要开口问更多，尼克已经重重地吻在了她的嘴上，她能感觉到他浑身都湿透了。好一会儿，他才放开了她。莱斯利的牙齿冻得咯咯打战，她张了张嘴却说不出话来。

"我只有离开你，你才会安全。"尼克的声音有些喑哑。

他走到了卧室门口，猛地转回身来说："记住，如果你需要我，就去有水的地方转动你的订婚戒指，我会尽快赶到。"

就这样，尼克又从她的眼前消失了。莱斯利觉出手机在掌心中振动，警车已经到了。她没有起身，依旧凝视着尼克刚才坐过的地方，似乎想通过床单上的皱褶来证明这不是一个梦。在湿答答的床单上，她发现了一小片绿油油的东西，看起来好像水草。眼下这成了她唯一的证据，否则她怎么跟白跑了一趟的同事解释这一切，让他们相信自己所说的并非幻觉。有一刻她几乎相信了他的话，但是那一吻泄了底；无论尼克是否真是鬼魂，他的吻从来没有过这种腐烂的气息。

康妮读完了。她下意识地挺直身子环顾四周，准备迎接大家的评论。当她的目光遇上了杰弗瑞，后者开口说道："刚才这么安静，我希望不是因为恐惧。"他清了一下嗓子继续说，"显然，小说的推理维度已经从人类社会扩展到了灵异世界。直到这一章结束之前，我还以为至少能有一个谜团会被解开，我们将发现尼克失踪的真相，然而我高兴得太早了。在康妮笔下，真相与谎言总是相伴而行。事实上她给我们制造了更多谜团，却一个也不肯轻易解开……"

更多人跟着点评，纷纷夸奖康妮的情节设计出人意料，让人一直在为女主角担心；场景的画面感很强；结尾的反转让人急于看到下一章，等等。康妮的兴奋之情溢于言表，尖削的面颊都泛出了光泽。

第一节课刚结束，朱迪便直奔洗手间，在马桶上坐下后才长舒了一口气。看来没有她想象的那么难，除了一位同学的苏格兰口音让她听着犯蒙，和其他人的沟通都没什么问题。作为写作班上唯一的外国人，大家对她还是挺友好的，也没有人笑她自不量力，至少目前还没有。她正想着，隔间外面传来了聊天声。

“真羡慕东方人的皮肤，她们怎么不长皱纹呢。”

“啊，你说那个新来的。如果你脸上有那么多脂肪的话，也不会长皱纹。”

“康妮！你太刻薄了。”

“我才没有，你看她脸上根本找不出颧骨……怎么不说话了……虽然你不说话但是你笑得很开心……”

两个人的嬉笑伴着流水声，一并淹没在自动干手机的怒吼中。过了好一会儿朱迪才回到教室里，脸上的红晕还没有完全褪去。

8 文学夫妻的谈判

“别跟我提丹·布朗。”

杰弗瑞吼出这一句后就再也没有抬头，把上半身都伏在桃花心木书桌上，表明他此刻没兴趣就这一话题展开讨论。星期二晚上是他的备课时间，他要用这一个晚上赶出整整一周的教案，这样才能留出一些时间来写作。几秒钟后，眼角的余光告诉他那两条长腿依旧倚在桌边。又过了一会儿，长腿的主人才慢慢踱到了书架前，逐层检阅起超载的搁板，并没有准备离去的意思。他叹了口气，好在是明晚上课，还有点时间，便将准备到一半的教案存了盘，转过身来望着妻子。

克莱尔抱着双臂站在书架前，似乎对他的注视浑然不觉。她刚在健身房上完瑜伽课，黑色的针织背心和阔脚裤让她看上去很放松，修长的四肢，没有赘肉需要掩藏；栗色长发梳成了丸子头，几缕发丝散落在颈后。没有人会相信她跟我是同龄人。杰弗瑞一阵心灰，是不是除了他以外的所有男人都希望妻子年轻漂亮，从不担心两下对比会让自己显得更老？摆在他面前的事实是，克莱尔的胸部和臀部还在它们原来的位置上，而他的身体已经向地心引力屈服了。

在杰弗瑞的书房里，几乎没有什么走动的地方。书籍在占据了整整一面墙之后，又在地板上、沙发上、窗台上垒起高高低低的好几堆，看上去都在即将坍塌的边缘。拒绝电子化似乎是这位大作家引以为傲的标签，如果可能的话，他还会继续用打字机写作。克莱尔的书房要比这间小很多，却有更多的空间。她皱了皱眉，蹲下身去整理散落的书籍，随口问道：“什么时候你才能接受电子书？”

“决不。”

“那好，我们需要一所更大的房子。”

克莱尔索性把手里的书往椅子上一丢，两步就迈到了丈夫跟前。

“亲爱的，你固执得完全没有道理。我也认为丹·布朗写得不如你的好，语言乏味，人物扁平得像纸片，但是他每一本书都卖得好。”克莱尔将双臂交叉在胸前，这是她的习惯动作，代表了谈话的严肃性正在升级。“我只是建议你把他的书当成畅销案例来读，分析一下他的卖点，也许对你的新书能有帮助。”

杰弗瑞凝视着妻子的双眼，表情平静得像是在欣赏一幅风景画。

“我确实读过他的书，只是读完了很后悔，不如把时间花在阅读旅游手册上，反正那些大教堂的场景描写都是从手册上整段照搬的。”

“我希望你没有在课堂上这么说过，否则……”

“我说过。”杰弗瑞得意地点点头。

克莱尔轻轻地咬着嘴唇。可怜虫，还自以为犀利，在那些学生眼里他不过是一颗酸葡萄；如果是丹·布朗来给他们上课，所有人都会兴奋到尖叫的。也许有些男人永远也长不大，他们只会直接变老。杰弗瑞此刻的表情真像一个潦倒的中年人，很快他就会谢顶变肥，然后借酒浇愁了。她还记得他二十年多前的样子，那时候很多女生都认为她幸运。

一时间两个人都沉默不语，克莱尔知道丈夫在等她离开书房，好继续去搞他的教案。同样是教书，她在私立学校的薪水比丈夫高出一大截；而后者这些年的出版收入加起来，只覆盖了一次豪华旅行以及他个人的酒水消费。身为一名作家，杰弗瑞的脑袋似乎总埋在书桌的抽屉里，丝毫感觉不到身边人的焦虑。或者说她早已不再是他的观察对象了。克莱尔今年四十五岁了，她感觉正在失去生活中的可能性，一切都在沿着惯性滑向无聊的终点。女儿从来不是克莱尔生活的中心，况且女儿已经长成另一个女人，独立自信，正在享受大学里的自由。克莱尔想给自己找一条出路，需要真正有价值的东西吸引她，推动她往前走；她不想人生的下半场只是上半场的重复，因为重复一次就褪色一层。的确，她还能吸引很多男人，但没有谁能够让她的人生精彩起来，不过是一场消遣罢了，聚也容易，散也便宜。

克莱尔凑近一点，用手指轻轻揉乱了丈夫的头发，她不想让这次谈话又沦为无谓的争吵。四十七岁本该是作家的黄金时代，创作上已经成熟又有一定的市场号召力，还有足够的体力实现高产。她有点同情眼前这个男人，虽然没有中年发福，头发也没掉，但他正在丧失一名作家的信心，所以需要不断从异性那里收获崇拜；而对于爱好文学的中年女士们来说，杰弗瑞的外表和作家身份同样具有吸引力。从这一点上来说，丈夫的出轨更像是缓冲作家焦虑的心理治疗。

“我……看了你新书的大纲和开头几章。”

“原来是这样。”杰弗瑞的脸色瞬间阴沉下来。

“对不起，你已经有很长时间不跟我讨论你的书了。”

“因为我不想浪费你的宝贵时间。”他无法掩饰声音中的刻薄，似乎克莱尔应该为他作品所遭受的冷遇负责。

“看过之后我想了很久，想听听我是怎么想的？”克莱尔急于切入正题。

“你想让我学习丹·布朗的场景描写。”

愚蠢的，雄性的自尊。有那么一秒钟，克莱尔真想让他彻底见鬼去。她退后一步眯起眼睛打量了丈夫一会儿，慢条斯理地说道：“亲爱的，忘了场景描写吧，这是悬疑小说。谁在乎呢？是的，谁在乎呢！悬疑小说的读者需要担心，需要肾上腺分泌，需要意想不到；他们在乎的是收集线索，接下来要发生什么，他们喜欢的角色会不会在下一章死去。如果能在大结局之前猜出凶手是谁，他们就会特别满足，骄傲。再者说，如果你的书被电视台买了版权……”她说着举起两手，把食指和中指交叉在一起，继续说道，“没有哪一个导演会完全按照你的文字描述去拍外景的。柯林·德克斯特说过，他花了整整一章去描写牛津雄伟的建筑，结果却比不上BBC摄影机拍的八秒钟开场镜头。”

“我不是柯林·德克斯特。”

“哦，别担心。”克莱尔已经到了门口，猛然回过头来说，“没有人会把你杰弗瑞，跟写出摩斯探长的大作家搞混的。”说罢她转身下了楼，完全不去理会他涨红的脸。

9 只有螺旋楼梯知道

又是一个星期三的晚上，杰弗瑞看了一下手表，11：36，他必须走了。

他穿好了衣服凑到镜子前检查衬衣领口和脖颈，什么也没有发现，这才走到床边俯身在她的额头轻吻了一下。“做个好梦。”他转身下了楼。

她的睫毛抖动了一下，嘴角堆起一丝慵懒的微笑。康妮没有起身跟他告别，她把完事后的瘫软状态当作对情人的一种礼貌；尤其是这个年纪的男人，敏感得像雷达一样，时刻在搜寻自己尚未衰老的信号。

杰弗瑞下楼的时候步伐很重，震得铁艺螺旋楼梯嗵嗵直响，连楼板都一并震颤起来。故意的。她撇了一下嘴，依旧闭着双眼。这位作家每踏出一步都在向她重申自己有多么讨厌这座楼梯，希望她立刻换掉。然而她爱死这楼梯了，尤其喜欢光着脚丫在上面走。每一级台阶上都有镂空的铁艺花纹，苍白的脚掌仿佛踏在了黑色蕾丝上，这让她觉得非常性感。杰弗瑞却抱怨说，这些繁复的图案让他看着眼晕，有几次差点一脚踩空。

“没用的男人。”想到这儿，康妮禁不住冷笑一声，这座楼梯可是她凭演技赚来的。要不是她把故事演绎得伤心欲绝，玛格丽特怎么会当场慷慨解囊。噢，亲爱的老玛格丽特，自己几乎不用费什么气力就能让她热泪盈眶。这当然不能算是她的缺点，因为她总是有求必应，脾气好得像天使。你简直无法设想她会伤害任何人，哪怕是一只苍蝇。要知道，这座精美楼梯的价格是那些样子粗笨的几倍，足足花费了三千多镑。康妮的脑海中浮现出那二十几双 Jimmy Choo 的收藏，玛格丽特不仅是天使，她还有着一对闪闪发光的金翅膀。

听见杰弗瑞的汽车开远了，康妮从床上一跃而起，她没有费心去穿内衣，只光身裹上一件丝绸睡袍便赤脚走下楼梯。她才不会因为一个男人的抱怨就换掉它，他似乎忘了这是她的家，而他只是来这里的客人之一。谁知道他们的关系会维持多久，再说她也没钱。当初从市区搬到这里纯属无奈，泡酒吧的日子刷爆了她的信用卡。这房子是祖母留给她的遗产，一栋由石头谷仓改造的跃层住所，简陋但结构坚固，最大的好处就是省下了房租。老谷仓位于荒芜的郊外，Wi-Fi 时断时续，最近的邻居也要十分钟的车程。

康妮的祖母，以及祖母的祖母都被当地村民称为 Wise Woman（能施咒语且擅用草药的人）。康妮长得酷似年轻时的祖母，只可惜徒有其表，未能拥有老人家超凡的技能。据说在祖父去世之后，祖母就变得越来越古怪，时常有出格的言谈举止，不断与邻里发生冲突。这也是她决定独自一人搬到老谷仓来住的原因。直到有一天，前来送货的面包房伙计发现了她的尸体，仰面朝天倒在壁炉前的地板上，验尸结果是死于突发性心梗。然而在康妮的版本里，祖母是从连接底层和跃层卧室之间的木梯上跌下来，摔断了脖子。

“所有人都说我跟祖母年轻时长得一模一样，连说话声音都像。也许，这就是命运吧，我和她的结局可能也差不了太远……”这后半句话康妮说得很轻，仿佛是在自言自语。

“胡说！”玛格丽特打断了她的话。

唔，她好像真的生气了，康妮心里嘀咕着，对方板起面孔的样子像极了自己严厉的姨妈。父母离异后，每到暑假她都会被寄养在姨妈家，没有人喜欢这个安排，而姨妈对她最温和的评价是：疯狂。玛格丽特低着头沉默了一会儿；康妮从中看到了希望，她正在算钱。果然玛格丽特抬起头来，朝依然立在原地的旧梯子一指说：“换掉它。我不会让你也摔断脖子的。”

此刻，康妮的掌心搭在楼梯扶手上，一路抚摩着往下走，她漫不经心地思忖着如果自己是作家杰弗瑞，会怎样描写刚才床上那一幕。有意思的是，很多大作家都登上过最差性爱描写的排行榜，连J.K.罗琳最新推理小说也榜上有名；或许只有当你有了名气，别人才会费心从你的书里找碴儿。康妮在书桌前坐下，点燃了一支烟。她身上的黑绸睡袍是从二手店里淘的，胸前有两片针脚粗糙的刺绣，一龙一虎；乍一看像是黑道上的女人偷穿了大哥的袍子。她将香烟夹在两片鲜红的薄唇之间，腾出手去捞起长发在脑后三拧两拧，顺手从桌上抄起一支笔来把它别住。随着她的动作，睡袍的领口又敞开一些，展露出突兀的锁骨和贫瘠的胸口。三月的夜晚寒意依旧很浓，老谷仓里没有暖气，壁炉内也不见火光。康妮端坐在那儿一动不动，竹枝一般的手指夹着烟，双眼仿佛凝望着前方一个遥远的地方，丝毫没有起身去添衣的打算。

她猜想在杰弗瑞的笔下自己的罩杯很可能会被增大，康妮笑出了声，好像这对男作家来说是不可避免的。事实上她从未羡慕过那些丰乳肥臀的女人；性感是一种极致的东西，她不需要那些平庸的肉。从以往的经验来看，她的骨感容易勾起某些男人的爱怜，甚至是好奇，想进一步探寻她如此纤细的缘由。

在二十岁的最初几年，康妮曾写过两本爱情小说：一部是关于三百多年前，一个法国女人在苏格兰的情爱历险，女主角在激动时总会冒出一串串法语；另一部则是基于她与前夫之间的爱情厮杀。这两部手稿都已经被她装进防水袋里，至少短期内不会再碰，用她自己的话说是“超级幼稚可怕”。然而当她将兴趣转向恐怖悬疑小说后，恍如一夜之间找到了方向，感觉变得那么自然那么对，思路也前所未有地开阔起来，这才是她要写的东西；她甚至找到了自己独特的语言腔调，似乎在用刀尖轻轻撩拨着你的神经，但绝不会一刀把它切断。

康妮又点燃一支烟，目光移到了跃层上。她的卧室美得像一座舞台：暗红色的天鹅绒帷幕从房顶垂到了地板，将楼上的卧室空间环绕了起来。每当她闭上眼睛，这个跃层卧室就会变成一座悬浮于空中的幽灵剧院；虽然里面没有一件真正的古董家具，但是大幕一旦拉开康妮就仿佛听到了掌声。此外厚厚的帷幕还起到了很好的保温作用，她从没有在半夜被冻醒，而这是老玛格丽特的又一贡献。康妮的目光扫过了她淘来的二手货，满是划痕的吧台和两只高脚椅来自一家倒闭的酒吧；一个高大的木格酒架靠墙而立，里面放着杰弗瑞送的红酒。这里简直是作家的理想住所，远离尘嚣，正好让她专心写完小说；只要酒架不空，烟盒常满，就没有什么可担心的。第二支烟已经燃到了尽头，康妮忽然觉得脚底板像一块冰。不知什么时候下起雨来，雨点伙同风势一道拍打着木门，就像是不请自来的客人。

三分钟后，老谷仓的烟筒里冒出青烟，壁炉内火苗闪动，屋内也亮了许多。康妮套上了一件长绒毛衣，脚上是厚羊毛袜子，巨大的书包放在地板上。她一盘腿坐进了壁炉前的沙发里。这可不是电子火苗，而是噼啪作响的真火焰。她记得自己这么跟玛格丽特说过，看火苗跳舞是两个人的共同爱好。康妮伸了一个懒腰，忽然觉得无比幸福。她想象在此时此刻，如果有什么人，或是一个镜头从半空中向她推进，镜头穿越一层层厚重的乌云，看到无边的夜雨横扫过空旷的荒野，远处出现一点微弱的光亮，那是一座古老的谷仓。待镜头推近石墙上的窄窗，隐约看到屋内炉火正旺，壁炉前一个美丽的女人正在专心致志地编写着她的故事，炉火映红了她的脸庞。不，她写的不是什么茶杯里的风波，而是一部让人头皮发麻的心理悬疑小说，没有谁能猜出故事的结局。这本新书将是自己的成名作，康妮对这一点深信不疑，眼下故事还只是雏形，但已具备了成为畅销书的一切元素，剩下的就看她如何演绎在无辜面孔之下悄然涌动的杀机了。想到这里，康妮的指尖像过电一样，一阵阵的酸麻，一心想扑向键盘去敲打一通。莱斯利探长系列可以先搁置一旁，一切为新书让路。

她俯下身在包中摸索录音笔，准备整理一下收集的素材。就在几个月前，她在一间酒吧里收录素材的时候遇上点意外，录音笔当场被毁。眼下，这支在她手心里的银光闪闪的小东西则是作家情人的礼物。康妮按下了回放键，耳机里便传来一个熟悉的声音。

10 烦恼总在幽会之后

杰弗瑞最恨幽会的时候遇上下雨。他从来不把车子直接停在老谷仓门外，而是停在几十米外一个废弃的马厩里。虽然这里位于村外，既没邻居又不靠近公路，但他还是担心会被偶然路过的车辆撞见。谨慎不仅是成熟的标志，也是习惯性出轨的必备素质，只可惜他的情人并不具备。

几分钟后，他把车子开上了村外的公路。行驶在雨夜的乡间公路上，除了车灯照出去的一片路面是实在的，周围如同深陷无边的海底。他觉得很怪，感觉心在往下沉，完全不像一个刚刚偷了情的男人。他试图解读自己的感受，想象在一个平行的空间里，另一个杰弗瑞从情人的床上爬下来心满意足地开车回家，音乐开到最大，手指在方向盘上打着拍子。他告诉自己，那是十年前的杰弗瑞，现在他人老了，心也懒了。

看来是该结束的时候了。一开始，他喜欢和康妮调情，她大胆风趣骨骼清奇，人并不美但散发着一种魅惑，就像他一度迷恋过的哥特小说。最重要的一点是她崇拜他的才华，所以顺理成章地，他上了她的床。

远远的铁路道口出现在前方，红灯开始闪烁，红白相间的铁栅就在他的车前缓缓落下。自己真是太走运了，杰弗瑞慢慢地把车停下。他看了下手表，11：20，等他到家时克莱尔应该早睡熟了。对比他郁郁寡欢的写作生涯，杰弗瑞认为他和克莱尔的婚姻绝对是一个成功。他们相识于大学，对文学共同热爱使他们走到了一起。那时候杰弗瑞已经在杂志上发表了一些短篇小说，是校园中的明日之星，只不过这颗星一直未能如愿升起。克莱尔在一所很贵的私立学校教授英文，她无意冒险写作却毫无保留地支持丈夫的创作。然而时过境迁，几乎是在同一时间，他们发现自己不再爱对方了，两个人的节奏如此合拍，省却了很多不必要的麻烦。很多夫妻就是做不到这一点，才会有大量的瓷器粉碎，咆哮和眼泪。他们都是通情达理的人，自己在享受生活的同时也要给对方同等自由，至于小小的出轨则可以忽略不计。

他记不清从何时起，夫妇俩开始各忙各的。杰弗瑞在写作上投入了大量时间，可是二十多部作品的出版却始终未能让他变得富有。克莱尔把闲暇时光挥洒在健身房，四十多岁的人了，依然拥有婀娜紧致的身材，走到哪里都会有目光追随。在写作之余，杰弗瑞也会对文艺女中年的崇拜做出积极回应。他本以为，等到女儿上大学后克莱尔会提出离婚，但她没有提，两个人谁都不提。既然爱情总是潮起潮落，又何必摧毁这座沙堡，然后换个地方，再重建一座呢。

杰弗瑞放下车窗，雨声一下子变得异常吵闹。他探头出去张望，丝毫看不到火车的踪影。真正让他感到愤怒的不是被堵在这里，而是康妮自始至终都不肯闭上的嘴。从杰弗瑞进门的一刻起，她就喋喋不休地讲述她的新书计划："有史以来最狡猾的谋杀……一个拥有天使外表和魔鬼内核的女人……要赶在肉体衰老之前用谋杀来自我救赎……”杰弗瑞礼貌地敷衍着，他不愿破坏兴致。在聆听过太多准作家的创作计划之后，他认为百分之九十九都是激情过剩的产物，构筑在一厢情愿的逻辑和自我陶醉的人物设定上。康妮的热忱并没有因他的冷淡而消退。他甚至怀疑在做爱的当口，在他全力以赴的时候，她脑子里还在琢磨她的新书。不，这绝不是他的想象。她的呻吟结束得太早了；当他气喘吁吁地准备从她身上下来时，康妮又开始说上了。该死的，他干得这么卖力，而她一开口却是感谢他送的那支录音笔，把它称作“底牌”“她成功的秘密武器”。他知道康妮有偷录别人谈话的习惯，看来上一次偷录被逮住，录音笔当场被砸并不能令她改过自新。不知道这一回她又偷录了谁。杰弗瑞不禁全身一紧，他希望康妮没有偷偷录下他们的约会，否则就太讽刺了，用他送的录音笔。但是这很难说，杰弗瑞咬紧了嘴唇，这个女人完全没有底线。

火车终于开过去了，长长的一列消失在雨幕中。铁栅刚刚抬起，杰弗瑞就一踩油门，车子冲过了道口。雨势更猛了，环路上空空荡荡，他握紧方向盘一路加速，能感觉到车身在跟风力对抗。砰的一声，震得他浑身一抖，有什么东西撞到了车上。他双手死死地抓住方向盘，不敢把刹车踩得太狠，车子还是打滑了。他的眼前闪过了一道黑影，不！杰弗瑞大叫着，这一切来得太早了，他还没有准备好。车子最终停了下来。他喘着粗气，一时间拿不定主意。凭经验，他知道那肯定不是一只兔子，要大得多。天太黑了，后视镜里什么也看不见。他犹豫了一下，把车子停靠在路肩上，拿着手电下了车。

至少走出去一百多米，杰弗瑞才看到它，身下一摊黑乎乎的东西正在被雨水冲散开去，曾经美丽的尾巴变成乱糟糟的一团烂泥。但它没有死，一条细细的前腿向上翘起，好像一节枯枝在雨中拼命地抖着。这样子真像在求救，杰弗瑞抹了一把脸上的雨水，他真希望它已经死了。他不是一个坏人，不敢蹲下身去一把扭断它的脖子，结束这毫无意义的痛苦；但也没有善良到将这个奄奄一息的生命抬进车里，送到RSPCA的急救中心。他真的不敢，再往前挪一步都是不可能的，更不要说去亲手触摸那摊模糊的血肉了。

杰弗瑞掉头往回走，雨水顺利地灌进了他的衣领和鞋子，每迈出一步脚下都发出滑稽的声响。当他发现右前车灯被狐狸撞碎了，忍不住破口大骂起来，雨水顺势流进他的嘴里。

他到家的时候已经过了半夜，整幢房子都黑着灯。杰弗瑞又冷又困，连喝上一杯的力气都没有了，只脱下湿漉漉的外衣，擦干了头发，便直接上楼去推开卧室的门。

“啪”台灯亮了。杰弗瑞吓了一跳，看见克莱尔躺在床上，正在用胳膊肘撑起上半身。

“对不起，我吵醒你了。”

“你没有，阿嚏——”克莱尔伸手从床头柜上的盒子里连抽两张纸巾，“是她的香水……阿嚏。”克莱尔用力揉了揉鼻子，“它让我过敏。”

“真对不起。”杰弗瑞一脸歉疚，又退回到卧室门口。“我去冲个澡，你先睡吧。”他刚带上门就听见里面关了灯。

在热水下冲了好一会儿，杰弗瑞才暖和过来，意识也复苏了。自己都让大雨给淋透了，哪里还闻得出香水味，还说什么过敏的鬼话。他愣了一下，看来她还是介意的，而且她知道康妮的事。他接着想到了那只狐狸，撞碎的车灯，还有做爱时康妮的漫不经心。这些该死的女人。话虽如此，他还是不放心，抬起手臂来用力嗅了嗅。

11 挑别人的漏洞

说来也巧，每到星期三的晚上都会下雨。雨滴一阵紧似一阵地敲打着窗玻璃，似乎想打断杰弗瑞的讲话。

“场景描写可以帮助读者看见你心中的那一幅画面。他们将利用你提供的颜色、形状、气味、声响等去搭建一座舞台，然后把你书中的人物放到台上去……”

坐在头一排的朱迪听得有些心不在焉，右脚不停地在鞋子里扭动着。刚才下车的时候她一脚踩进了水坑里，鞋袜湿透，这会儿湿答答的袜子死活黏在脚心里，难过得像一条死鱼。如果是大学时代的阶梯教室就好了，她可以趁人家不注意把脚从鞋里抽出来。只见老师从讲台后面走出来，开始在教室中央来回踱步，朱迪赶紧停下小动作坐直了身子。

“最平凡不过的地方也可以在你的笔下呈现出异样。”杰弗瑞继续说道，“也许一间客厅的陈设能让人感觉到这个家庭正在悄然瓦解；一个迷宫式的走廊则会教人怀疑——主人公是否已经身处险境……”

学生中有人在微微点头，有人则皱起眉头思索，这正是他要的效果。杰弗瑞让自己的话在空中沉淀了几秒钟，然后轻快地说道：“我们当堂来做一个练习，描写一个现实生活中的场景，用第一人称或第三人称均可，要在场景中传递出一种情绪，欢快或压抑，诡异甚至愤怒，不要忘了主人公的身份特征对于视角的影响，比如一个五岁男孩走进教堂，他就得抬头仰望周围的一切。你们有二十分钟，现在开始。”说完，杰弗瑞走出了教室。

大多数人像是早就打好了腹稿，拿起笔就唰唰地写，只有朱迪愣着没动。每回在课堂上做命题练习，她的反应要比别人慢好几拍，幸好老师比较照顾，总是让她最后一个读作品。走廊，对了，也许她可以写走廊。她知道那个走廊应该长什么样子，眼下就能在脑子里看见那个画面。一瞬间，朱迪仿佛又闻到了熟悉的油烟味，听见楼板在脚下呻吟，还有……那个黑影。她抓起了笔，感觉从来没写得这么顺过，那些句子仿佛是现成的，只不过存在了她不知名的文件夹里，如今自己跳出来顺着笔尖流淌。

杰弗瑞回到了教室，大家陆续放下了笔，随后按顺时针方向逐个朗读自己的作品。从无聊至极的候诊室，人挤人的火车站咖啡馆，到不断发出诡异声响的午夜花园，朱迪一路用心地听着，突然意识到杰弗瑞在看自己。

“现在 OK 吗，还是你需要更多一些时间？”

“现在可以。”朱迪一下子紧张了，她深吸一口气大声读了起来。

“林恩放学回家，一进楼道就闭上了眼睛，开始数着步子走，准备到家门口再睁开。他并不是讨厌跟邻居们打招呼，这个时间大人们还在班上，楼里几乎是空的。林恩是害怕遇见那些老鼠，它们经常从地板的破洞里钻出来吓他一跳。据说老鼠才是楼里的第一批住户，当这座试验楼被改为宿舍楼的时候，一些拒绝迁出的原住民躲进了两层楼板之间的夹层地带。其实，就算他睁开眼也好不到哪儿去，楼道太暗了，走廊是所有人家的开放式厨房，纱窗早被炒菜的油烟糊死了，艰难地透进一星星光亮。林恩早就饿了，无论什么时候闻到这股油烟味都让他觉得该吃饭了。他希望还能从冰箱里找出点剩饭，实在没有的话，只好偷芝麻酱蘸白糖了。书包在身后一步一颠地拍打着屁股，他想象自己是一个下山去化缘的小和尚。离家门口还有十五步的时候，在走廊拐角，林恩向左一转就撞上了一个女人，她的长发擦过他的额头，滑滑的。他赶紧睁开眼说对不起，女人却没出声，黑色的身影晃了一下又前后摇摆起来。"

刚一读完，朱迪就听见旁边有人倒吸了一口冷气。"这是一个惊喜。"杰弗瑞说道，"我不仅看到了这个画面，还听到了，闻到了，触摸到了。"朱迪的眼睛都瞪大了，如果她没看错的话，老师的眼光中头一次有了赞许的意思，不再只是礼貌。

课间休息的时候，大伙围坐在大厅的沙发上闲聊。远道的上班族正好借这机会充饥，吃点饼干、蛋糕或谷物棒。卢克犹豫了一下还是往咖啡里加了两袋糖，他一边搅拌咖啡一边和佐伊讨论起电影《消失的爱人》。

"我不明白这部电影为什么受欢迎，情节上至少有两大漏洞，都是警方不可能放过的疏漏。"他喝下一大口咖啡继续说，"首先，Amy 声称在自己的家中被前男友 Desi 绑架。那天是一个普通的工作日，丈夫 Nick 离开家的时间是上午 11 点。按理说 Desi 当时也应该在工作，总会有目击证人，一个人不可能在同一时间出现在两个地方。”

“我猜第二大漏洞是 Desi 湖畔豪宅里的 CCTV 吧。”伊芙琳也加入了他们，坐在佐伊的沙发扶手上。

“没错。”卢克一推滑下来的眼镜说，“Amy 失踪了很长时间后才出现在豪宅的监控镜头上，之前她在哪儿？难道说警方只看到了她在镜头前假装被囚禁的画面，就没发现任何对她不利的素材？”

佐伊偷偷向伊芙琳挤了一下眼睛，只等卢克的话音一落便说道:“我觉得这本书的成功之处不在于推理，而是‘他说’和‘她说’的故事结构。婚姻里的对错，永远是丈夫和妻子各有各的说法，而且每一种说法都不会是百分百的事实。”这一番话当即赢得了在场女生们的赞同。

“所以小说的新颖之处在于谎言对谎言，互相揭穿的叙事方法。”佐伊说着举起一根手指让卢克少安毋躁，继续说道，“我认为电影的成功之处在于选对了女主角，再现了希区柯克经典的金发美女，优雅、冷酷、深不可测……”

“人们喜欢对女杀手故弄玄虚，这符合大众消费心理。”伊芙琳插嘴道。

“女杀手有一个优势，人们总是低估她们的杀伤力。”卢克说着叹了口气，“给别人纠错是容易的，但要想出一个没有纰漏又不落俗套的犯罪故事才叫难。你们看看我这些白头发，就是因为这个长出来的……”

玛格丽特带来了自己焙烤的姜饼，盘子在大家手中传递着，她的手艺赢得了一片赞美。伊芙琳说她发现了一个免费校对的软件，能节省不少时间；丹尼尔和卢克则聊起各自小说的进度，原来除了周日以外，卢克每晚睡觉前都会坚持写上两千字。朱迪左手姜饼右手热茶，虽然插不上嘴但听得心满意足。只是奇怪今天康妮怎么没出声，以往都是她主导聊天的内容。康妮就坐在她旁边，正在皱着眉头喝一瓶粉红色的液体，要不是瓶身上印着一些热带水果图案，还以为是什么化学试剂。

康妮放下了瓶子，转头对朱迪说："刚才那个故事，其实你写的是你自己，对不对？虽然你特意写成一个男孩，叫什么来着……但我打赌那个人就是你。是你以前撞上了一个上吊的女人，现在是把自己的这段经历写成了故事，对不对？"

面对这突然袭击，朱迪有点蒙了，一时搞不清对方是在开玩笑还是发飙。她慢吞吞地说："不是呀……都是我……想象出来的。"

"哈哈……"康妮大笑起来，一下子被水呛到了又是笑又是咳，"亲爱的朱迪，所有人都会这么说，但是当你刚开始写作的时候，所有人写的都是自己的经历……有可能连你自己都没意识到，就把你想起来的事情当成想象出来的了……"

朱迪觉得自己像个傻瓜，想组织一下语言来反击，却一个词也想不起来。所有人的目光似乎都集中在她的身上，她的耳朵根开始发烧。她瞟了康妮一眼，想象她一仰头灌下了那瓶粉色的毒药，然后就变成了一只黑乌鸦蹲在沙发背上呱呱怪叫，一边用力拍打着翅膀。她猜自己的脸色一定变得很难看，因为几乎同一时间，所有人都把头转向了旁边，开始跟就近的人聊起了别的话题。

上课的时间到了，大家纷纷起身往教室走，朱迪也灰溜溜地跟在后面。有人从后面拍了一下她的肩头，她一扭头只见伊芙琳凑上前说："我喜欢你的故事。"她的香水中带有一点苹果的甜味，笑容让长脸柔和了许多。

"是吗？谢谢。"眼下朱迪正需要这个。

伊芙琳往旁边扫了一眼，俯身在朱迪耳边轻声说："别在意康妮说什么，她只是不喜欢杰弗瑞夸奖任何人，除了她自己。"说完她意味深长地点点头。

12 相遇在黑暗中

只有当你开始写作以后，才会意识到这是在跟自己过不去。

上课几周以来，朱迪开始嗅出课堂上的竞争气息，不少同学都有一部甚至几部长篇小说的创作计划在进行中，而竞争的焦点主要在以康妮、卢克和伊芙琳为代表的井喷三人组上。每一堂课，三个人都会交出一到两章新作。伊芙琳主攻浪漫小说，女主角在寻觅 Mr. Right 的过程中一路跌跌撞撞又总能化险为夷。每当她读完新的一章时，康妮给出的评语里总少不了一句“非常非常女性化”。听多了之后，朱迪忍不住怀疑这话里有话，是康妮的语气和她似笑非笑的表情，让这句话听着就像是“非常非常浅薄”。

卢克在同时创作两部小说，他的故事节奏很快，充满动作场面，不是人类奴隶在太空堡垒中发动起义，就是在印度洋上英国皇家海军向海盗旗舰开炮，飞快的场景切换和接连不断的爆炸场面让朱迪有些跟不上，好像在闹哄哄的群戏中把主角搞丢了。至于康妮，上一节课她突然宣布自己有了一个新的创作计划，莱斯利探长系列不得不暂停一下。朱迪瞧见玛格丽特的脸色一变，大概是嫌康妮的做派有点过了，如同 J.K. 罗琳在跟粉丝道歉，你们期盼已久的哈利·波特新书要推迟了。

为什么别人写起来都像喷发，自己一下笔就便秘了。朱迪也尝试过先用中文写再翻译成英文，然而用母语创作并没有她想象中那般文思泉涌。幸好作业不多，写不出来她就改阅读了，在别人煞费苦心营造的世界里遨游，一下感觉容易多了。虽然英国的二手书很多又便宜，朱迪却坚持用Kindle，再好的装帧也敌不过内置字典功能。然而Kindle也有缺点，它自带支架，翻页又省事，双手就解放了；对于意志薄弱的人来说这绝对不是好事。很快，朱迪就在体重秤上发现了边读边吃的后果。

也许母亲是对的，自己除了能吃，别无所长。她的耳畔又回响起母亲的警句："如果你能把用在吃上的心思全部用在学习上，你早就是全班第一名了；早考上北大清华了；早嫁出去了……"朱迪以为，如果自己真这么做，早就饿死成仙了。父亲从来没有这样说过她，相反一直偷偷塞给她零花钱。胖丫头是爸爸的小棉袄；父女俩在阳奉阴违的日常练习中建立起一种默契。也许父亲当年这么做并不完全是出于溺爱，也是对母亲专制的一种曲线反抗。

这天午饭过后，朱迪看书没多久就感觉困劲上来了，这种饱了困醒了饿的日子过久了，恐怕真会变成猪的。她一边打哈欠，一边挣扎着起来给小狗套上狗链。小狗按捺不住兴奋乱叫了一通，朱迪却皱起眉头研究天气。居然是个大晴天，但凡有点要小雨的意思，她就可以坦然地窝在家里。磨蹭了好一会儿，一人一狗才出了门。

这是一个晴朗的六月下午，天空蓝得透亮，一朵朵云彩像刚刚洗过一般白得耀眼又蓬松。气温离酷热还远，暖洋洋的让人舒坦。村里的街道上看不见人影，只有满眼的绿色，那是初夏明艳的绿；一座座红砖或黄砖的小楼像乐高玩具似的掩映在绿荫之中。

借着这份好心情，朱迪决定带上小狗去大树林探个险。早就听说了，那是一大片原生树林，位于帕斯顿、威灵顿和格林顿三个村子的交界处，最长端的距离达二点五英里，是当地的遛狗胜地。这一路上小狗忙着轰鸽子追松鼠，害得朱迪也跟着连跑带颠，气喘吁吁。等到眼前终于出现了那片大树林，忽然起风了。

此时天空已经变了模样，一朵朵白云转眼被一团团的乌云所取代，它们正借着风势往一块儿聚拢；有些乌云还拖着一股长长的黑烟，仿佛是来势汹汹的摄魂怪。朱迪心中暗叫不好，刹那间雨点噼里啪啦地往下砸，她抱起小狗就往树林里跑。雨点狠狠地打在她的脸上，脖子上，没跑出多远衣服就粘在身上。一钻进树林，雨顿时变小了。她找到了一棵枝叶茂密的大树做伞，停下来喘口气，低头见脚下的地面还是干的，心里就踏实了许多。

乌云越聚越厚，很快天空就全黑了。树林里也瞬间转暗，好像有人把灯关了，一下子什么都看不见。在黑暗中，朱迪只感觉到胸口这一点热气，小狗紧贴着她，湿乎乎的小脑袋顶着她的下巴。每次有风吹过，她俩都一阵哆嗦。朱迪的眼睛很快适应了黑暗，无论她朝哪个方向望出去，都是一条深不见底的隧道，而在隧道的尽头总有什么影影绰绰的，似乎在动，也许正在向她漂移。她闭上眼睛，诅咒自己多余的想象力。假如有任何物体在黑暗中接近她，小狗会先叫出来的。尽管这么安慰着自己，还是挡不住汗毛倒竖，心口一阵一阵的发紧，她怕继续站在这里不动，老毛病又该犯了。

她最厉害的一次发作是在大学里。那天走廊的灯坏了，她从晚自习室出来没走多远，一拐弯便陷入了一片黑暗。恐惧就像深水，瞬间没过了她的脖颈；她摸着黑往前走了几步就不行了，背顶在墙上不住地发抖，越是大口呼吸越是感觉缺氧。她开始顺着墙根往下倒，就是在那一刻她遇到了初恋对象。他拉起她的手，带她走过又长又黑的走廊。她还记得手心里全是汗，只是不知道是谁的汗。两个人谁也看不清对方的脸；他想象她很柔弱，她认定他善良。然而他们都错了，手牵手走过了黑暗却在阳光下分道扬镳。

医生先后排除了哮喘和心脏病的可能，最后建议她："要不，你去精神科挂个号吧。"一听这话，朱迪拂袖而去，她宁愿是心脏病也不想让别人说自己心理不正常。时至今日她不得不承认一点，自己对于黑暗的恐惧，包括幽暗的走廊和黑黢黢的地下车库，绝不是一般的怕黑。她一直把这个缺陷小心地藏好，连老公也瞒着，只想着时间可以治愈一切。看来她想错了。

突然一道电光划过，随着"喀喇——"一声巨响，轰隆隆的雷声是一阵接一阵。朱迪吓蒙了，撒腿就跑，小狗在她怀里不住地哀鸣。没跑出多远她就站住了，这里树木越来越密，再这么乱跑恐怕是出不去的。借着闪电的光亮，她看见右前方的树木比较稀疏，似乎有一条小路通向外面，就连忙朝那儿冲了过去。

终于跑出了树林，她猛然停下脚步想辨认一下方向，才觉出汗水和雨水一起把衣服都粘在了后背上，这叫一个冷。雷声又在空中炸响，小狗瑟缩着发出一声呜咽。得找个地方避避雨，朱迪抻着脖子四下张望，眼前是一条空荡荡的马路，路的对面是一片平房住宅区，没准能找到一间杂货店躲躲。她刚要跑，恍惚听见有人在喊她的名字。

“朱迪，是你吗？”

隔着雨幕，玛格丽特出现在街对面，一手撑伞一手拎着购物袋。

13 与淑女共进下午茶

朱迪直愣愣地站在客厅中央，不敢坐也不敢碰。

她仿佛置身于一间豪华游轮的船舱里，处处白得耀眼，不仅家具全部是纯白的，还有白色大理石的壁炉和雪白的吊灯。然而蓝天与大海并没有被挡在窗外，它们偷偷将墙壁涂成淡淡的粉末蓝，还把白色沙发上的一排靠垫依次染上了婴儿蓝、皇室蓝和蒂芬妮蓝的波点图案。幸好地毯是天蓝色的，否则真要拿起两只脚走路了。朱迪犹豫了一下，将小狗从头到脚又检查了一遍，确认全擦干了才敢把它放地毯上。她直起身来，目光立刻被壁炉正上方的一幅油画吸引住了。画中的年轻女子有一头瀑布般的金发，矢车菊一样的蓝眼睛分得很开，笑容中透出腼腆。她知道自己美貌，但还不确定该如何运用它，朱迪思忖着。

“你怎么不坐下？”玛格丽特端着一个大托盘进来，上面有一壶热茶，牛奶罐和糖罐，还有一碟巧克力曲奇。

“我怕……弄脏了沙发。”

“别说傻话了。坐下。”

“遇到你真是太巧了，我可不喜欢一个人喝下午茶。”

“是我们的运气好，是不是？”朱迪低头问小狗，后者已经在沙发旁找到一个最佳位置，舒展四肢躺下了。

“牛奶？糖？”

“不用了，谢谢。只喝茶就好了。”

“嗬，中国人真厉害，喝茶从来不加牛奶和糖。但是你刚淋过雨需要补充点糖分。”说着，玛格丽特坚持把糖罐递给朱迪。

“你的画像真美。”朱迪仰头望着画像，由衷地赞道。

“啊，这个。现在我觉得把它摆在这里是个坏主意。”玛格丽特一本正经地说，“客人进来看到画像，再回头看看我这副模样，然后在心里说：‘天哪！这些年都发生了什么？’”

朱迪忍不住哈哈大笑起来，连连否认。

“我就是喜欢看这幅画，所以才费了好大力气把它从仓库里找出来。女人嘛，必须允许自己有小小的虚荣心。”

玛格丽特说着眨了眨眼睛，岁月从她脸上带走了一些娇艳也带走了羞涩，却没能改变她清秀的轮廓和那双美丽的蓝眼睛。不知道在挂上这幅肖像之前是什么画摆在这个位置上，朱迪捧着茶杯想，也许是一幅海景吧。

就像是读懂了她的心思，玛格丽特说道：“我是在农场长大的，从小就向往生活在海边。我们曾经计划退休后买一艘小艇去环游世界。可是克利夫中风了离不开轮椅。”她苦笑了一下说，“太突然了，谁也没料到他有心脏病，那一年他还不到六十岁。”

她一边说着一边站起身来走到壁炉前，拿起了大理石台上的相框。那是婚礼的当天，她和克利夫并肩站在教堂门口，那一刻她对着镜头摆好了姿势，克利夫突然在她耳边轻声说了一句什么。他得逞了，她忍不住放声大笑。众人惊诧的目光齐刷刷地投向他俩，克利夫是一脸得意。玛格丽特望着二十二岁的自己，她还记得那一整天她都像飘在云端里。幸福的小傻瓜，要花上三十五年才能让你变得聪明一点。

“你没事吧？”朱迪走到了玛格丽特的身后，悄声问道。

“我没事，早就没事了。”她努力露出一点微笑，“也许我应该搬到海边去住，我是一个缺乏行动力的人。我总觉得克利夫还在这房子里，他总是问我，你为什么还不搬到海边去？”

朱迪忍不住哆嗦了一下。玛格丽特见她冷，忙放下了相框准备点上壁炉。

“太早了吧，这还是夏天呢。”按朱迪的理解，壁炉使用时间应该和中国北方的供暖时间是一样的。

这下可把玛格丽特逗笑了，说道：“要等到十一月中旬？上帝呀，这可不行。你看阿加莎·克里斯蒂的小说里，那些老房子七八月就要点壁炉了，尤其是卧室里的壁炉。有时候不光是为了取暖，也是为了除湿。”

朱迪自告奋勇要帮忙，却被告知壁炉是电子火焰。她看见炉膛里亮了，一排火苗抖动着升腾起来，不停变幻出新的曲线，只有不错眼珠地盯上半分钟才能发现它们的变化规律。很快，一股暖意传遍了她的全身，小狗也躺在她脚边呼噜呼噜地睡着了。

见她看得入迷了，玛格丽特轻声说道：“明知它是假的，还是觉得很美，是不是？”

朱迪笑了，连连点头。

“我小时候家里的壁炉是真火苗，可我从没觉得它美过。那时候可没有中央供暖，只有一个壁炉。通常是你的正面都给烤得发烫了，后背还是冷的。而且只在客厅里有，卧室就没有壁炉。不过我很幸运，我最小，睡在两个姐姐中间。”

朱迪着实吃了一惊。听口音还以为对方来自中上阶层的家庭，再看穿衣打扮，很难想象她曾经历过艰辛的日子。

“我还记得爸爸每天都去酒吧。有一天他病了，实在下不了床，就让我的两个姐姐去酒吧替他买啤酒。你要知道我们住在农场上，周围什么也没有，去酒吧一来一回要走上三英里。”火光将她的双颊染上红晕，蓝眼睛中也有两簇小火苗在跳跃。“两个姐姐十二三岁的样子，很淘气。在回家的路上，她们忍不住偷偷尝了一点瓶子里的啤酒，然后又尝了一点……哈哈……等回到家里，她们就往瓶子里兑水。你猜后来怎么样？”

“被发现了？”

玛格丽特点点头又摇摇头说：“我爸爸喝了啤酒，对质量非常非常不满，一怒之下写了一封投诉信让我姐姐去交给酒吧老板。”

“哈哈……后来呢？”

“聪明的大姐藏起了那封信。很多年以后，她把那封信镶在了一个银色的相框里，说要让儿女们都知道当年她第一次喝啤酒的故事。”

“太可爱了。”朱迪不禁在脑海中勾勒起大姐的模样，一个爱讲故事爱喝啤酒的老太太。

在两个人中间的白色茶几上放着一只浅蓝色的玻璃樽，里面盛着很多白色贝壳。玛格丽特从里面捞出一些贝壳放在自己和朱迪的掌心。每一枚都很美，小小的，洁白可爱。

“这些是丹尼尔送的，他知道我喜欢大海……”

唔……朱迪的八卦神经兴奋起来，她早就瞧出丹尼尔看玛格丽特的眼神不对，于是顺着话头说：“每一枚都不一样呢，要收集这么多，丹尼尔一定花了不少时间吧。”

“我估计他是从商店买的。”

想不到对方一句就戳穿了自己，朱迪呵呵一笑放下了贝壳，拿起一块巧克力曲奇。玛格丽特也笑眯眯地看着她，继续说道：“丹尼尔和康妮都是我的好朋友，只可惜……你别指望他们能坐在一起喝茶聊天。”

朱迪点点头。她当然没忘上一回康妮当众挑战自己的情形，过后康妮主动跟她说话，又向她推荐了一款很好用的录音笔。也许这个女人并没有太多恶意，只是时时要感觉占上风。据她观察，在班上同学里真正讨厌康妮的是伊芙琳。至于她跟丹尼尔，这又是什么故事呢？

“对不起。”玛格丽特拍了一下朱迪的手臂说，“康妮有时候会……有点……粗鲁，说一些令人难堪的话。你必须相信，她不是故意的。她是……怎么说呢，一个活在自己世界里的人，一个作家。”

一个作家，朱迪思忖道，所以这解释了她一切出格的言行吗？康妮还没有出版过任何作品，充其量和自己一样，是一名准作家。如果你是一位著名艺术家，你有什么毛病都正常，前提是别人承认你是艺术家。谈话第一次出现了冷场，朱迪忽然意识到对方在期待自己说点什么，对刚才那一番解释有所表示。

“你……你和康妮一点儿都不一样，真想不到你们会是最好的朋友。”

“你不是第一个这么说的。”玛格丽特歪着头想了一下说，“是‘缘分’吧，对，是缘分让我跟康妮成为朋友。”

朱迪哈哈大笑，夸奖她的中文发音很标准。

“我认识康妮时，克利夫刚去世。我们共同生活了三十五年，突然之间我要重新学习如何一个人生活。所以我想学些新东西，让自己忙一点。我在写作课上遇到了康妮，她非常非常热情，花很多时间陪我聊天。从那以后我就成了她故事的第一个读者。”

“她的小说是不是都很恐怖？”

“你能想象吗？《法医学》是康妮的睡前读物。她知道我做过护士以后，总是跟我讨论她的谋杀方案，怎么使用毒药才不会轻易被发现，还有关于伤口、尸体的情形等无数个问题。我只当过两年护士又不是法医，怎么可能回答这些问题。”

“呃——”朱迪吐了一下舌头。

“杰弗瑞给康妮很多支持，大概希望她能成为学生里第一个出版作家。不过……”玛格丽特迟疑了一下说，“并不是所有人都欣赏她的黑色幽默。”

“为什么？”虽然康妮的嘴不好，但她笔下的文章还是值得一读的。

“她经常把身边的人写进她书里，不是谁都喜欢这样。”

“唔……那要看她怎么写了。”

“我也希望她不要写得那么直接，让别人一看就能对号入座……”玛格丽特摇了摇头，接着说，“差不多去年的这个时候，她把一个反面角色写成了丹尼尔的模样，他长得像丹尼尔，说话像丹尼尔，连走路的姿势和穿着打扮都像。当康妮在课堂上朗读的时候……天哪，你都能想象得出来，好多人都忍不住偷笑。丹尼尔气得脖子都红了，整节课坐在那里一言不发，从那以后他再也没跟康妮说过一句话。”

居然还有这么一段，可惜自己没赶上。朱迪转念一想，假若自己在场的话，康妮笔下的反面人物没准就是一张大圆脸了。这个女人可真能作，其实她那副鬼气森森的模样倒很适合命案现场的氛围；不过看在玛格丽特的面子上，自己暂且放她一马。朱迪伸出手去，拿起了盘中最后一块曲奇。

14 所有人都爱她，除了她丈夫

在六月的最后一个星期六，美丽的奥托镇迎来了一年一度的食品节。

跟很多吃货一样，朱迪和老公查利一大早便空着肚子出发了。半个小时后，他们按照路标的指引把车子停在了镇外的临时停车场，有志愿者上前解释，食品节期间镇内主要街道都改成了步行街，请大伙儿集中起来等候摆渡车。

奥托是一座古雅的小镇，随处可见保护完好的蜜糖色石头建筑。镇上有一座闻名遐迩的私立学校——奥托公学，学校的历史可以追溯到十五世纪，拥有镇中心最雄伟的建筑群，气势盖过了毗邻的教堂。年轻学子们披着深蓝色的长袍，行动带风，很有些霍格沃茨的神韵。

今天的小镇热闹非凡。中心街道的两边各搭起一长串彩篷；远近的农场、酒庄、餐馆、肉铺和面包房纷纷抢占优越摊位。一大早满载着食材的小货车就排起了长龙，各家忙着上货、摆盘、开酒、搭烤架。现在摊位上的色香味都已到位，诱惑着过往的每一个人。草莓、蓝莓、覆盆子，一颗颗顶着露珠，娇艳得胜过花朵；超大只的香肠在拥挤不堪的烤盘里嗞嗞作响；琥珀色的苹果酒在一排排拇指大小的杯中晶莹闪亮；熊熊的炭火上方，一头全猪在烤架上缓缓地旋转，滴下来的油脂溅起一串火星。

夫妇俩决定先忍住饿快快巡视一圈，可是没走出几步就被叫住了。

“嘿——美丽的女士，快请过来，我为你准备了特别的礼物！”

朱迪一扭头，见一位穿着黑白格围裙的光头大爷正在热情地向她招手，连忙微笑着摆摆手，心想他是怎么在一堆人里认出自己是个吃货的。然而大爷没有放弃。两分钟后，朱迪的肚子里和背包里都装进了奶酪。很快，夫妇俩就忘了先巡视一圈再吃的计划，一路走走看看吃吃买买；接连试饮了几杯之后，更是醺醺然如脚踩祥云一般。老舍先生曾写过：“北平之秋就是人间的天堂，也许比天堂更繁荣一点呢！”朱迪边吃边念叨，这话搁在当下的奥托镇也适用。

他们经过一个家庭农场的摊位，只见横幅上写着“传统页蒿籽蛋糕”。朱迪眼睛一亮，难道这就是让马普尔小姐在伯特伦旅馆中念念不忘的“Seed Cake”？

“如果你连爱丽丝的蛋糕都没尝过，今天就算白来了。”

玛格丽特不知何时冒了出来。她今天的打扮很休闲，一条白底黑花的棉布连衣裙，细看原来是黑色裙摆上盛开着大朵大朵的山茶花；脚上一双浅口的白色平跟鞋，全靠一根细细的皮带系在脚踝。朱迪赶紧向她介绍老公。玛格丽特不禁笑了，早听朱迪说过他是一名工程师，没想到夫妇俩长得这么像。查利个头不高，圆圆的光头，圆溜溜的肚子，还戴了一副小圆眼镜。两个人都穿着宽松的T恤和牛仔裤。尽管两个人无奈地揉着肚子，玛格丽特却不肯放过：“没关系，你们吃完了可以走着回家。”

摊主爱丽丝咯咯地笑起来，丰满的胸脯一颤一颤，她将品尝的托盘端到了两位来客面前。朱迪用牙签挑起一小块蛋糕放入口中，又软又润，如同吸了水分的海绵蛋糕。这是她头一回吃到页蒿籽，味道竟有些熟悉。

“好像是……小茴香。”

“没错，它们闻起来很像，好多人都会把这两种香料搞混。”

在玛格丽特的推荐下，朱迪不仅买了一个页蒿籽蛋糕，还买了“同样是爱丽丝最拿手的”李子蛋糕。

爱丽丝一边把蛋糕装入纸袋，一边说个不停：“麦琪每年都来给我做广告……我们一起长大的，两家的农场距离不过一英里……”她看上去比玛格丽特年长一些，一头棕发剪得短短的，围裙上印满了小狗的图案；两个人站在一起，就像是伯爵夫人和她的胖厨娘。

“她那时候是舞会皇后……我们经常换着穿对方的衣服，不能总穿同一条裙子去舞会吧 ……唔，你别看现在，我以前可苗条了……她跟克利夫订婚的时候，有一半的小伙子们都伤心死了……”爱丽丝又将装满果酱和饼干的托盘递到二人面前。朱迪连忙闭上眼睛，痛苦地摇了摇头。

“直到今天你还是不肯告诉我蛋糕的秘方。”

“不，麦琪，你休想。”爱丽丝笑着挥挥拳头，转头去招呼别的客人。

见夫妇俩人都吃不动了，玛格丽特就建议去镇中心的小广场上看整点演出。

“十二点整是爱尔兰舞蹈，节目单上有克莱尔的名字。”她看朱迪一脸茫然便低声解释道，“她是杰弗瑞的妻子，在奥托公学教英文。”

三个人到达小广场的时候，舞台前面已经围起了里外三层的看客。说是舞台，不过是一处稍稍高出地面的石台，几位志愿者正在吃力地将一块四四方方的大木板安置在台上。

演出开始了。首先上台的两名女子来自本地的舞蹈俱乐部，她们穿着黑色紧身上衣，绿绸短裙，黑丝长袜，然而这番装扮并没能令她们显瘦。等音乐响起后，观众才真正意识到舞者的分量；地板没有发出预期的轻快踢踏声，而是一下一下砸得又慢又重。观众的表情从一脸愕然瞬间变成了窃笑，朱迪也咧开了嘴，玛格丽特忙伏在她耳边说：“不是她，不是她。”

第二组舞者是三名十三四岁的小姑娘，身穿传统的爱尔兰踢踏舞裙，杏黄、亮紫、天蓝，明艳的裙身上还绣满了斑斓的图案；每个人都是一头极卷曲的金发。她们上来便自报家门，来自奥托公学。音乐刚一响起，她们的脚下就像长了弹簧一般，舞步轻快又整齐划一。三个人像轮盘一样变换着阵型，上半身挺直，腿是越踢越高。惊喜之余，观众们开始跟着节奏击起掌来。

玛格丽特在朱迪耳边说了什么，后者瞪圆了眼睛：“啊……都是假发？”看见老婆吃惊的样子，站在一旁的查利忍不住发笑，他摩挲着自己的光头表示可以考虑来一顶。

克莱尔是最后一个登台的。她的舞衣是绿缎面的束胸衣下接黑纱篷篷裙，充分展现了她的纤腰与长腿。和她的学生不同，克莱尔没有戴传统的假发，只用一只绿缎发卡别住了一头长发。音乐响起，克莱尔双手叉腰，蜻蜓点水似的绕台一周，步点轻快得如同敲击手指。全场一下子安静下来，只听见密不透风踢踏声。克莱尔突然凌空跃起，弹跳踢腿裙裾飞扬，台下顿时激起一片掌声，“Bravo！ Bravo！”喝彩不断。

克莱尔在舞台中央站定，胸脯剧烈地起伏着，她微笑着环视全场，高举双臂迎接众人的掌声。

朱迪被淹没在人堆里，只好将手机举过头顶乱拍一气。等她放下发酸的双臂，广场上人群已经松动了，下一场演出是两点钟。他们三人又走出一条街，才在露天咖啡座里找到了空位。趁查利去买饮料的时候，朱迪和玛格丽特坐在一起，一张张地翻看刚拍的照片。突然朱迪哎哟了一声，随手一拉把照片放大了。玛格丽特凑近一看，从鼻孔中哼了一声。

照片上杰弗瑞和康妮并肩站在人群中，康妮在仰头大笑，身体也随着往后倒，一根黑色的吊带从肩头滑落，另一只手勾在杰弗瑞的脖子上。

“真是……愚蠢，这样的场合，不考虑后果。”

朱迪惊得张大了嘴巴：“杰弗瑞和康妮?！不可能吧！”

她看了一眼康妮，又翻到前面把克莱尔的照片放大了，两下比着看：一个美丽性感，舞艺超群；一个是放浪的排骨精。这两个女人之间的差距，好比是五星酒店的海鲜自助和一听咸鱼罐头，凡是长脑子的都会选择前者。如果说男人是用下半身思考的，就更应该选克莱尔。

“我……还以为你知道的。班上所有人都知道。”玛格丽特压低声音说。

“可能因为我是外国人，没人跟我分享八卦。”朱迪暗骂自己笨，现在回想起来一切都是明摆着的。

“这样下去……恐怕会出事。我真的希望克莱尔没有看到他们。”玛格丽特的一双小手似乎握得太紧，连指甲都发白了。

朱迪连连点头，她已经被克莱尔的舞技圈粉了。看来原配再出众也挡不住老公出轨。她明白玛格丽特是在为好朋友康妮担心，她才不会。既然康妮做得这么过分，那有什么报应都是活该。朱迪想了想，觉得也不必为克莱尔多虑，电影《公爵夫人》中有一句台词：“所有的人都爱她，除了她丈夫。”除了杰弗瑞，那不是还有所有人吗？

一见查利端着饮料出来，朱迪立刻收起了手机。几乎在同一时间，两个女人开始聊起别的话题。

15 派对上的猎物

克莱尔下意识地转动着手指上的婚戒，目光从面前这位男子的秃顶上飘出去，打量着画廊里的其他人。她原先没有打算来参加这个十周年酒会，虽然这里距离彼得堡不过二十分钟车程，虽然画廊的女主人，她的老朋友萨拉曾在电话上苦苦恳求。

“来帮帮我，就周六一个晚上。你知道我不擅长这种场面，林肯郡不少记者都会来，这对生意很重要……”萨拉停顿了一下，语气更哀婉了，“很遗憾我邀请了另一位作家来演讲，保罗·弗林，他在本地很有名气，有不少记者是冲着他来的……当然我自己更欣赏杰弗瑞的作品……对不起，希望你们不会介意，这只是生意需要……”

克莱尔将酒杯举到唇边，她当然不会介意，萨拉已经准备好了客房，今晚她不用开车回家。不过，也可能她在酒会上遇见计划 B。

画廊位于斯坦福德镇中心，展品多是林肯郡本地画家的作品。这是一幢老房子，内部装修却很现代。克莱尔喜欢光滑如镜的大理石地面，更喜欢听高跟鞋在上面敲出声响。眼下她环顾四周，不断在细节上发现惊喜。萨拉肯定从银行贷了一大笔钱，她说今年又有一家画廊在镇上开业，所以这次十周年庆至关重要。“我要灌饱那些记者，我要更多媒体报道。”萨拉当时说得咬牙切齿，两次婚姻失败之后这家画廊就成了她的一切。克莱尔有时候很羡慕萨拉，虽然自己在私立学校做得顺风顺水，但那只是一份工作不是成就。曾几何时，她把成就感都押宝在杰弗瑞的身上，如今她不愿再多想。

萨拉今天穿了一条裸粉色的露肩纱裙，腰间是一黑色的双排扣皮带，上面还有好多金属钉。既娇柔又凶险，这才是萨拉的风格，克莱尔抿嘴一笑。她注意到这位好朋友近来瘦了很多，整个晚上什么也没吃。克莱尔的目光继续在画廊里转圈，在这一群人身上停留片刻又去打量另一群红男绿女。突然，她的眼光停在了一个女人的背影上，此人有着令人惊讶的梨形曲线，正对着当地电视台的记者高谈阔论。只消一眼，克莱尔就认出了她：蒂娜·巴克利，杰弗瑞的文学经纪人；看得出她来这里是为了生意，但绝不是来推广自己丈夫的作品。

一想到杰弗瑞，克莱尔的思绪不禁飘回到下午食品节上的那一幕。她似乎记不起在那之后自己是怎样回到家的，又是怎么到斯坦福德镇来参加这个酒会。她只记得，当自己气喘吁吁地在舞台上站定，双臂上举去迎接掌声时，她听到自己的汗水在汩汩地往外冒，感觉心脏快从胸膛里跳出来了。然后，她看见了人群中的杰弗瑞和一个黑色女巫，尖长的鼻子、枯枝一样的手臂，那手臂正好挂在丈夫的脖子上。她的视线模糊起来，因为汗水最终流进眼睛里。

她来不及细看，学生们就跑上了舞台拉着她一起谢幕。三名学生的家长纷纷涌到台前来献花，克莱尔接起一束顺势递到了第一对舞者的手里，然后是拥抱、微笑，优雅地谢幕。等她再朝那边望去，观众们正在渐渐散开，杰弗瑞和女巫都不见了踪影。

就在刚才的一瞥之间，杰弗瑞的举止中已显出了醉意，这才是中午。她忍不住哼了一声。倘若不是借着酒劲，他哪有这般胆量，敢挽着情人来给自己的妻子喝彩。毕竟这里是奥托镇，台下有不少她的学生和家长。克莱尔的眉头微微蹙起，这个女人应该就是康妮，她跟自己想象中的不太一样。几个月前在丈夫洗澡的时候，他的手机上跳出一条信息："老谷仓见。钥匙在花盆下面。康妮 ×××。"她读后不禁哑然失笑，杰弗瑞居然会去谷仓里和女人鬼混。是找刺激，还是因为他找了一个农妇？她当时什么也没说，只把手机放回了原处。如果不是今天这一出，对自己来说这女人根本不存在；康妮貌不惊人，只是那一身放浪的自信让她在人群中格外醒目。

克莱尔准备回学校去换衣服。一路上她走走停停，不断和学生家长打招呼，对他们的赞美表示感谢。在快到学校的地方，有三个男生在一起埋头看手机屏幕，待她走近一点就听到了他们的谈话。

"你们看，是她亲的他。当时密斯就在台上表演。"

"后面还有吗？"

"亲完了，他们就走了。"

"你怎么拍到的？"

"我跟了他们一个多小时。"

"嘘——"

一个男生大声向克莱尔问好。“嘿，密斯，演出太棒了！”其他人也纷纷附和。

克莱尔微笑着点头致意，径直走了过去。她能感到三个人的目光都盯在自己背上，想象他们偷偷地舒了一口气，相视窃笑着。在这一刻，克莱尔真希望把那个女巫绑在柱子上活活烧死。

有人摸了一下她的手臂，克莱尔一惊，险些把酒全洒出去。

“你走神了。”

保罗·弗林上下打量着面前这个性感女人，似乎拿不定主意该怎样惩罚她的走神，尤其是在自己大谈文学的时候。一条银灰色的无袖绸裙裹出她的玲珑曲线，栗色的秀发披在肩头，长长的银色耳坠时隐时现。保罗很满意自己看到的一切，对方手指上的婚戒显然没有破坏他的兴致。克莱尔则调整了一下站姿，避开对方呼出的酒气。萨拉用英国气泡酒替代了传统的香槟，但是没有影响到客人畅饮的速度。

他举起了酒杯，目光越过杯沿凝视着她：“我听说……你是一名作家。”

“不，我丈夫是作家，杰弗瑞·艾恩斯。”

“杰弗瑞·艾恩斯？我可能见过他……很久以前了，在一个作家静修所。”

“很可能。”

“他可真是一个幸运的家伙。”作家扬起了双层下巴，说道，“很久没有听到他的消息了，怎么……他还在写作吗？”然而他的表情仿佛在问：“他还活着吗？”

克莱尔并没有被惹恼，只是觉得可笑。眼前这位被称为著名作家的男人，想必经常被邀请为座上宾，然而，依旧掩饰不住对免费酒水的贪婪。她只是微笑，甚至懒得去回敬他一句，真该让傲慢的杰弗瑞自己来面对这位同行。

“怎么杰弗瑞今晚没有和你一起来？”作家边问边转动着脖子，好像一只低空雷达扫描着全场。

“没有。他去了另一个派对。”

“啊——这样。”作家拖着长腔，表明读懂了她回答中的潜台词。

“知道吗……”他说着向她凑近了一点，“我要把你写进我的下一部书里。”

克莱尔差点笑出声来，但对方在期待她的反应。于是她睁大了眼睛，甚至发出一声短促的惊呼，随后垂下了眼帘。在作家眼中，恍惚看见两朵红云飞上了她的面颊。她害羞了，因为受宠若惊。殊不知克莱尔的脑海中浮现出另一个场景：杰弗瑞对康妮说着同样的话：“我要把你写进下一部书里。”是不是每一个作家都会这么说？多么诗意的诱惑，要把你变成他书中的女主角。是不是每一个愚蠢的女人都渴望被文学化？

作家从克莱尔的反应中受到了鼓舞，他又往前挪了一点，肚子蹭到了她的胯骨。她忍住了没跳开，只用一根手指把他往后一推，笑道：“你好像忘了，我嫁的就是个作家。”

突然间，克莱尔抑制不住地大笑起来，还用不拿酒杯的那只手拼命地给自己扇风。她听不清作家支吾了一句什么，但他走开了。好一会儿她才止住了笑，感觉憋在心中的那口气出去了一半。她抬头寻找萨拉，却发现不远处有一个年轻男子正盯着自己。他也就二十四五的样子，肌肉很发达，拿酒杯的姿势如同握哑铃。克莱尔能想象十年之后，如果没有严格的饮食和规律的锻炼，这身肌肉就会融为一坨单人沙发。两个人的目光相遇了，对方咧嘴一笑，露出一排整齐的牙齿。不用担心十年后，三个月就足够了。克莱尔笑着举起了酒杯。

16 最佳杀夫计划

这是暑假前的最后一节课，老天眷顾又下起了雨。

上课前的闲聊里，不少同学都说上周六去了奥托镇食品节，然而话题一直围绕在食物上，没有一个人提起克莱尔演出的事。朱迪也不得不入乡随俗按捺住八卦的热情。如此刻意地避而不谈，大概说明大家都看见了舞台下的那一幕。

康妮到了，依然是一袭黑色紧身裙，她耳饰上的羽毛很像孔雀翎。朱迪真希望它们是人造的。康妮格外大声地和大伙打着招呼，说她今天有一部新作要分享。

“不，不是莱斯利探长，我暂时停下了那个系列。我正在创作一部新书，一个既疯狂又真实的故事。”

“我都等不及了。”伊芙琳说着向佐伊瞄了一眼。

“真实故事？是真实的人类，还是真实的灵异故事？”卢克一本正经地问道。

康妮并不在意，反而微笑着回答：“我保证，百分之百的，活生生的人类。老实讲，这是我第一部纯写实的作品。”说完，她就转向了别人，并不理会卢克和伊芙琳的反应。

玛格丽特招呼康妮坐到她旁边，她的笑容和往常一样温暖，上周六的不快似乎早已烟消云散。朱迪有点怀疑这只是一种姿态，而时刻保持姿态是她多年来养成的习惯，如同一旦坐下便会挺直脊背一般。康妮刚坐下来，老师就抱着厚厚的一摞稿纸走进了教室。杰弗瑞看上去有些疲惫，眼袋比往常更明显，衬衣领子也皱皱的。一时间，很多双眼睛都忙碌起来，目光像乒乓球一般在老师和康妮的脸上弹来跳去，关注着剧情的进展。康妮的兴奋溢于言表，一双眼睛始终盯在稿纸上，并没有去看她的情人。复印件发下来了，第一篇就是康妮的作品。

星期天晚上十点，麦琪服侍马修上床睡觉。她照例在床头柜上放了一杯水，又在他的头顶上轻吻了一下，然后轻手轻脚地关灯出去。她并没有直接回自己的卧室，而是站在马修的门外耐心等着。没过多久屋里就传出了鼾声，她拎起化妆包进了洗手间。

麦琪在马桶上坐稳，把一张纸巾展开了铺在膝盖上，又拿起马修的一周便携式药盒，打开七个彩色小格子。周日的格子已经空了。她从后面的小格里各取出两粒治疗心衰的胶囊，在纸巾上排成一溜。她小心翼翼地把胶囊逐一旋开，轻轻弹出里面的药粉。很快，药粉在纸巾上堆起一个小丘。麦琪时不时地停下来，侧耳倾听一下。她用另一张纸巾把十二只空胶囊小心地包好，随后把收集起来的药粉用纸巾一兜，站起身来将它丢进马桶里。

光看外表，没有人会把马修和暴力联系在一起；事实上他从未对她动过手，只是一味地下毒；轻轻松松的一句话就能把她割出一道血口子，之后每说一个字都像一颗盐粒撒在上面。麦琪早就想过离开他，却不忍心放弃这个舒适的家，还有花园。和一位离婚律师共同生活了三十多年让她悟透很多道理，深知冲动不起。

重新在马桶上坐稳后，她从化妆包里取出一个小瓶子，里面是和药粉一样颜色的玉米淀粉。她将一枚银茶匙的细柄伸进小瓶，挑出淀粉，再慢慢地回填进十二只空胶囊里。很多人在这个年纪已经开始手抖，但她没有。麦琪审视着自己的作品，然后站起来转身跪在了马桶前，双手捧着胶囊凑近嘴边轻轻吹气，直到把每一粒表面的散粉都吹光了，这才满意地往药盒里放……

突然，一声短促的惊呼让所有人抬起头来。玛格丽特一只手扶起打翻的咖啡杯，另一只手抓着一团纸巾，正在阻止桌面上的咖啡肆意横流。坐在旁边的康妮显然对这突如其来的打断有些不悦，她把身子往后一闪，双手依然握着稿子，并没有要帮忙的意思。佐伊迅速翻出一包纸巾，隔着两个座位传了过来。玛格丽特一脸歉意轻声对大家说“对不起，对不起”，声音轻到只能靠看她的口型猜。杰弗瑞从眼镜上方看看玛格丽特又看看康妮，微微一笑，对后者说了一声：“请继续。”

如果不是那位好心的医生，麦琪永远也不会想出这么简单的解决方案。是他在复诊时一再强调漏服药物会给心衰患者带来什么样的严重后果，而这启发了她。马修每天要吃的药实在太多了，有治心衰的、降压的、降血脂的，还有利尿剂和阿司匹林。要不是有她提醒，马修早就漏服过不止一次了。她无声地叹了口气，都怪自己多事。

两年前马修中风了，出院后他们就搬到了这座空间宽敞、方便轮椅行动的平房。麦琪在报纸上看到一则新闻：一名年轻男子走在人行道上，突然被一位八十多岁的老司机开车从背后撞倒。马修购置了一辆 4×4 的电动轮椅，从此爱上了飙车，每天在卧室、客厅与厨房间风驰电掣，让她无处可藏。麦琪知道在屋里戴头盔会显得很蠢，当她发现马修找出了旧秒表，便毫不犹豫地给自己买了一顶。

就快完成了。她深吸了一口气，随后扣好药盒盖子，仔细检查了一遍洗手间，蹲下身去抹净了地板上残留的粉末，最后按下了马桶的冲水按钮。

谁也想不到，压垮她的最后一根稻草竟是那些鞋子。这些日子她很少有机会出门，偶尔去一趟银行或邮局都成了享受，如同一名厨房女佣被主人家准了半天假。那天马修坐在轮椅上，默默地看着她换上外出的衣服。

“你别忘了自己的年纪。我可不想看见你摔断了腿。”

他的语气流露出少有的关切。她不禁冲他一笑，脱下高跟鞋换上了一双平底的。等她回到家里，所有心爱的鞋子都不见了，再也找不到了。那是她第一次考虑这个计划。

然而计划并没有当即奏效，马修又挺过了几天，终于在星期六晚上倒下了。当他们抵达医院后，麦琪直奔洗手间，马修的药盒就在她的手提包里。锁好门后她拿出了药盒，从星期六的小格中捡出两粒治心衰的胶囊，丢入马桶中放水冲走。随后从手提袋中取出一板胶囊，从中挖出两粒回填进小格里。她把药盒紧紧地攥在手里，闭上眼睛祈祷。几秒钟后她睁开了眼睛，确认马桶中没有胶囊浮上来，这才放心离去。

她往回走的时候，老远就看见医生从急救室里出来，好像在找她。麦琪赶紧迎了上去。

“夫人，我非常抱歉……”

“他死了吗？”

医生点了点头，声音很沉重：“我非常抱歉……”

但是麦琪没有再往下听，开始琢磨要买一双新鞋在葬礼上穿。

康妮读完了，教室中出现了暂时的沉静，然后杰弗瑞缓缓地开口了：“必须承认，当我收到这篇作品的时候，我……有点震惊，甚至怀疑这不是康妮写的……哈哈……”他说着向对方抛去狡黠的一瞥。康妮刚要张嘴反驳，两个人的目光相遇了，她便一笑作罢。

杰弗瑞接着说：“在这短短的一章里成功地塑造了一个外表温和、内心算计的女性形象，她不仅擅长策划，更有很强的执行能力。整章的语言风格也和康妮以往作品有很大不同，描述更加克制、精准，没有过度渲染却让人更觉悚然……”杰弗瑞从稿纸抬起头来，望向康妮："透过你的文字，我仿佛真的看见了这个人物，麦琪，看见她优雅地坐在那里，从容地坦白这一切；没有后悔，没有愤怒，平静得就像在介绍一道菜谱。"

受到如此夸奖，康妮的脸庞都发亮了，眼波里荡漾着幸福。朱迪从未见她有过这般好气色，看来情人老师的赞美可以取代自拍修图了。坐在旁边的伊芙琳却没有观察这对情侣，而是低头欣赏自己的新指甲油。同学们纷纷给出了好评，有人问起灵感从何而来，也有人追问写作进度。康妮一边道谢一边飞快应答："我已经写了七万多字，当然这只是一半。"

玛格丽特也赞许地拍了拍康妮的手背，轻声表示祝贺；后者记起几分钟前自己还对朋友摆出臭脸，立即撒娇似的拥抱了一下对方，算是和好。

杰弗瑞突然插了一句："恐怕只有康妮，会借用好朋友的名字来给凶手命名。难道是为了营造一种'凶手就在你们中间'的氛围？"他笑眯眯地看看康妮，又转向玛格丽特，后者耸耸肩膀无奈地笑了。

"借用好朋友的名字？这是什么意思？"朱迪有些听不懂了，悄悄问旁边的伊芙琳。

"麦琪（Maggie）是玛格丽特（Margaret）的简称，"伊芙琳（Evelyn）飞快地朝着教室另一头瞥了一眼，低声说，"还好她没有给凶手起名叫伊芙（Eve），否则我也不高兴。"

原来如此。朱迪微微一皱眉，不禁勾起了食品节上那一幕，心头平添了一分对康妮的嫌恶；就算玛格丽特宽宏大量，此刻的心情也不会很爽。原本她还想随大流去夸赞两句，这会儿却懒得开口了。刚一下课，丹尼尔就快步出了教室。几分钟后，玛格丽特还在座位上出神，一杯热气腾腾的伯爵茶就摆在了她的手边。

“按你的习惯，一份牛奶，一包糖。”丹尼尔的声音很轻，似乎怕惊扰她的思绪。

17 一条睡裙的挑衅

杰弗瑞独自一人站在伯利庄园的天界厅里，举头仰望穹顶的壁画。他缓缓地在原地转了一个圈，就感觉脚下有点发飘，好像失去了重力游走在梦境中。当迈进大厅的一瞬间，墙壁仿佛从四面消失了，他恍如置身于一座金碧辉煌的露天圣殿，四周环绕着雄伟的廊柱；穹顶向碧空开放，层层叠叠的云端上是纵情享乐的众神。他们饱满的肢体纠缠在一起，肌肤闪耀着温暖的光泽。一道炫目的彩虹冲破了云层飞入殿堂，杰弗瑞感觉自己的心被它戳痛了。

二十年前的一个下午，就是在这间大厅里，他单膝跪下向克莱尔求婚。原本他想等到没人的时候才这么做，但是角落里有两位工作人员迟迟不肯离去。她们看上去像是一对孪生姐妹，有五十多岁，同样一丝不苟的发型，价值不菲的珍珠项链，脸上的笑容礼貌而有节制。当他轻轻握住克莱尔的手，单膝跪下的一瞬间，立刻从她们那边传来一声惊呼，两位女士齐齐地把手按在胸口上，看上去比克莱尔还要震惊。

二十年啊，杰弗瑞摇了摇头，似乎搞不懂自己怎么会出现在这里。暑假的头三个星期，杰弗瑞几乎没有迈出过书房，今天是他第一次出门散心。外面下着大雨，所以就想到好久没有去伯利庄园了。他的嘴角抽动了两下，何必跟自己撒谎呢，明明是那条睡裙把你引到这儿来的。

今天凌晨四点，杰弗瑞便起床开始写作。他在放假前的最后一节课上找到了灵感，随后大脑一直处于兴奋状态。一个全新的故事正在飞速搭建成形；新的线索如毒藤一般在他心中蔓延；时不时冒出的点子则像一颗颗炸裂的果实，叫嚷着逼他写下来。即使躺在枕头上，他也能听见书中人物的窃窃私语，甚至在争吵。他一直写到中午才搁下笔，起身去浴室冲个澡，用热水活动开僵硬的肩膀。

他正准备把换下来的衣服扔进洗衣篮，忽然停住了。一条珠灰色的蕾丝睡裙搭在篮筐口，半进半出的，他以前从没见过。看来是交了新的男朋友。杰弗瑞禁不住捞起睡裙，丝绸在手心里凉凉的，轻得没有分量，文胸部分是大片蛛网般细密的蕾丝，背部全裸至腰际，只有两根细细的肩带交叉而过。克莱尔显然对自己的美背很有信心，日复一日的练习让不仅她的肌肉紧致，在床上也是灵活的瑜伽大师。这种穿不了几秒就脱下的东西，女人居然愿意花上几百镑，看得出她对这段情事很在意。

杰弗瑞的手指揉搓着睡裙一角，想象着那个偷腥的男人会怎样回报这份心意。对方是已婚的，这一点他可以肯定。不过……他不禁犹豫了一下，事实是克莱尔有足够实力吸引比她年轻很多的男人。杰弗瑞的手指缓缓地捻着裙摆，在他的注视下，修长的手指仿佛变得粗粝起来，指肚鼓胀，手背上开始冒出黑森森的毛。他闭上眼睛，加大了揉搓的力度，掌心中的睡裙似乎发出了一声压抑的呻吟。突然，他把睡裙展开了对着光线仔细检查，随后将它狠狠地投进了洗衣篮里。

杰弗瑞长长地呼出一口气闭上了双眼，试图去捕捉自己内心的感受，如同一名演员把自己沉浸到角色里。必须把这一切都记录下来，每一点恶意，每一个稍纵即逝的起伏。当一个丈夫发现妻子有外遇的时候……他在心中反复默念着。但问题是，当你越是努力去感受，那感觉就变得越稀薄，甚至消失了。这不是他第一次发现她有外遇，然而是她第一次主动告知他。

该死的康妮。那天如果不是她捣乱，自己不会那么早就开始喝酒，也不会喝那么多，更不会蠢到当众接吻。克莱尔显然是看见了，才会有今天蕾丝睡裙这出戏。她是真的不喜欢吵架。杰弗瑞突然有一种冲动，想去厨房的煤气灶上烧掉这条睡裙；真是可笑，他从未想过自己还会在意。

和杰弗瑞不同，克莱尔虽然拥有英国文学硕士的学位，却无意从事写作；她热爱文学，但更热爱生活。与其在天才与庸才之间终日痛苦挣扎，她宁愿选择做后者，保持住美丽的外表与心境。时至今日，杰弗瑞不得不承认妻子拥有超乎常人的智商与情商，不是每个人都敢于在最开始就选择放弃。想当初他认定克莱尔这么做，是看重了他过人的才华，值得她为之奉献。今天想起来简直是一个笑话。

这几年两个人似乎都没有坐下来交谈过，以前他们可以花整个晚上谈他的书。他每写完一章，她都会抢过来读，最初的十几本书都是克莱尔担当校对。但那已经是很久以前的事情了。如今，各自去偷欢成了两个人最后的默契。是他第一个出轨的。事情过去很久之后，他才偶然发现原来她一直都知道。在震惊之余，他隐隐感到有些刺痛，她居然可以不闹。也许在那一刻回头，他们之间还可以弥补，然而他却没想那么多那么远，那一刻他心有所属。

克莱尔是一个好导演，用一件简单的道具就调动起了他的情绪。这是报复，还是炫耀？不，出轨在他们俩之间从来不是一场竞赛，如果是的话，他也从未赢过。克莱尔有一种天赋，能轻而易举地从他身上嗅出不同女人的气味，很快便能锁定对象；与此同时，她自己的情史却包裹得严严的。也许这次不一样了，一个年轻情人有时会让中年女人昏了头，即便是克莱尔这样的聪明人。她这么做，是在期待自己做出什么反应吗？杰弗瑞没心思再写下去，他必须换个场景进行思考。

从彼得堡开车到伯利庄园不过二十分钟。这是一座建于16世纪的豪华府邸，拥有广阔无垠的绿地，湖泊和花园，常年举办赛马会、露天音乐节和圣诞集市。杰弗瑞把车开进大门口，沿着碎石路缓缓前行，小心地经过一个接一个减速装置。远远地，他瞥见了这座伊丽莎白时代的著名建筑，静默地矗立在黑沉沉的天空下，塔顶的金旗熠熠生辉。它肃穆简洁的外观丝毫没有泄露内部巴洛克式的奢华，这种反差正是杰弗瑞最爱的，如同双重人格一般有趣。

此刻站在天界厅里，他的目光停在了面前的三位神祇身上：火神伏尔甘雷霆盛怒，他抓到了妻子维纳斯与战神马尔斯在偷情，然而这出戏并没有影响到周围的众神，少数漫不经心地观望，多数继续干他们的。显然，天堂的美好源于毫无道德的互不干扰，即便堕落也不必担心从天界坠落。可笑的是他居然选择这里向克莱尔求婚，难怪自己的婚姻变得如此荒唐。林肯郡的风雨肆意敲击着大厅的窗户，杰弗瑞觉出寒意禁不住抱紧双臂。他正在滑向自怜自艾的深谷，接下来他会遣词造句，想象着别人如何用毒舌凌迟自己。在过去的三周里他几乎是幸福的，每一天在写作上的进展都带给他更多希望。

“我猜……你一定是认出了这个场景？”

杰弗瑞来不及回头，就感到有人站在了他的身后。

18 他和地狱有个约定

根据自己的执教经验，杰弗瑞猜测这位佩戴着讲解员胸牌的小老头儿是一位退休老师，他的眼神充满了期待：再想一下，你肯定知道的。

“你是说……场景……？”杰弗瑞被他盯得有些发窘。

“对……想起来了吧……”小老头儿露出了鼓励的微笑，继续提示道：“对，这里就是达西先生的姨妈，那位颐指气使的凯瑟琳夫人的……”他停了两秒，似乎在等杰弗瑞接上话茬；见对方没反应，便主动揭开谜底：伯利庄园是2006版电影《傲慢与偏见》的拍摄地之一。老戏骨朱迪·丹奇扮演凯瑟琳夫人，伊丽莎白则由凯拉·奈特莉出演，天界厅就是电影中凯瑟琳夫人的客厅，班纳特小姐与达西先生意外重逢，感情也更深了一层。

“经典之作啊，让人百看不厌。”讲解员感叹了一声，希望借此打开话题。这种天气里很难遇到游客，他满腹的掌故都快要发霉了。杰弗瑞苦笑了一下，只好收拾起心情和他攀谈几句，还套用了小说开篇的名句：“你说的不仅是真理，还是举世公认的。”说罢两个人都笑了。

“对不起，如果……我没认错的话，你是……杰弗瑞·艾恩斯。”讲解员饶有兴致地打量着对方，然后点点头说，“没错，你给我们的读书俱乐部做过演讲。很荣幸再次遇见你，我是你的读者。”说着他伸出了一只手。

杰弗瑞赶紧握住了对方的手，他一向对读者很热情。

讲解员眯起了眼睛努力回忆着，然后慢悠悠地说：“记起来了……《失踪的帽子》和《蓝色天鹅绒》，都是以摄政时期为背景的推理小说。小说的语言非常优美，精准地捕捉到那个时代的韵律……”作为一名退休的历史教师，他的评价还是有一点权威性的。讲解员的话语就像一阵阵暖风，轻轻吹动了杰弗瑞心头的阴云。

“让我吃惊的是这座庄园没有被 National Trust[1] 接管，说明这里的经济状况要比其他古老的家族好得多。”杰弗瑞开始表现出聊天的意愿。

讲解员笑了起来，连连摆手说：“当年侯爵是想交出去，但是人家没要。”他开心地为杰弗瑞解释当年的 National Trust 还没有今天的规模，无力支付伯利庄园的巨额债务和修缮资金。“换了别人，恐怕会逃避，可是大卫·伯利是奥运冠军，四百米栏的金牌选手，他把伯利庄园带上了产业管理的道路……现在伯利每年举办很多活动，伯利赛马会更是全球闻名……这么说吧，每一天，这里的一草一木都在创造利润……”

他瞥了杰弗瑞一眼，见后者沉吟不语便继续说道：“说起举世公认的真理，那就是：市场决定一切。伯利庄园的市场也不仅局限于林肯郡。你看剑桥街头有那么多中国父母，他们带着孩子

1 National Trust：国家信托，英国保护名胜古迹及自然环境的独立慈善机构。

排着队去参观三一学院，国王学院……如果他们中有一半来参观这里，哈哈，恐怕我就要忙不过来了……接下来，我们将进入另一个著名场景——《达·芬奇密码》中的地狱楼梯！”他略显夸张地一扬手，径自走在杰弗瑞的前面引路。

“我是丹·布朗的忠实读者。你不得不承认他是一个天才。他将宗教和历史、传闻与阴谋，还有符号学，以及优美的古建筑汇聚在一起，制造出如此惊悚炫目的效果……记得吗？大反派雷·提彬爵士就是用它登场的。”讲解员一手扶在楼梯顶端专供残障人士乘坐的电动升降座椅上，扭头看着杰弗瑞，一旦对方表露出兴趣，他就会坐上去亲自演示一番。

“不……很遗憾……我没看过《达·芬奇密码》。电影和小说都没看过。”

“哦……是这样……”讲解员惊讶地张大了嘴，由衷地为对方感到惋惜。他沉默了片刻，还是忍不住开了口：“我希望你不要介意，我非常喜欢你的推理小说，只是……只是它没有让我那么担心……但是在读《达·芬奇密码》的时候我必须翻到下一页，必须知道后面发生了什么……也许丹·布朗的语言不是那么……讲究，但是你没有时间去在意，你恨不能读得快一点，更快一点……”

杰弗瑞没有说话，只是客气地笑了笑。

“希望你不要介意，你长得很像提彬爵士，不，绝不是电影中那个幕后黑手，而是他的扮演者伊恩·麦克莱恩，他好像演过不少莎翁的角色……”

杰弗瑞挤出了一点微笑："你不是第一个这么说的人。"他迟疑了一下说道："对不起，我想一个人……想思考一些……"

讲解员立刻明白了，忙说："当然……作家需要构思……我不打扰了……希望地狱楼梯能带给你灵感。"他快步走下楼梯，消失在一扇角门的后面。

杰弗瑞站在楼梯顶端愣了一会儿。先是简·奥斯汀，然后是丹·布朗；前者是文学巨匠，国家宝藏，后者是畅销书印钞机，自己能跟谁比呢？竟然会选择来伯利庄园散心，真是自找没趣。一时间他心灰意懒，仿佛看到了十年后的自己也做起了退休志愿者，一旦遇上这样的雨天便苦于无人聊天。恐怕等不到那时，克莱尔早就和小她一半年纪的情人远走高飞了。

他缓缓地走下几级台阶，然后转过身来仰望穹顶。地狱的场景就在他面前展开，犹如一只猫样的怪兽张开了血盆大口，无数个灵魂在熊熊烈焰中尖叫挣扎；正中间是黑色的死神，挥舞镰刀折磨新来的人。杰弗瑞感到一阵晕眩，身子晃了一下，吓得他抓紧了楼梯扶手。地狱之火并不只在穹顶，而是沿着楼梯两侧的墙壁蔓延开来，把他也裹挟在里面。

"简直画出了我二十年的写作人生。"他喃喃自语道。

杰弗瑞眨了眨眼睛，不敢相信竟然在壁画中看到了他的出版商，手里举着和死神同款的镰刀，一刀砍掉了他每一本书的宣传预算；还有他的经纪人蒂娜，永远在摇头，叫嚷着"缺乏娱乐性"；他还看见了克莱尔，柔软的身躯缠绕着一个年轻男人的胴体，仿佛在练习瑜伽。迎着他的目光，克莱尔笑道："亲爱的，你真该学习一下丹·布朗。”他也看见了康妮，正兴奋地捧着一摞新印好的处女作。杰弗瑞垂下了头，市场决定一切，然而他的市场在哪里？二十年的努力仿佛在一瞬间化成了虚无。他转过身去慢慢地下到楼梯底部，他需要找个地方坐下来。

然而没有座位。杰弗瑞环顾四周，表情豁然开朗了。他一直隐隐感觉有什么不对，原来是参观的顺序颠倒了。他现在所处的位置是一个前厅，外面便是伯利庄园的正门；这道门不对公众开放，所以他是由侧翼入口，穿越厨房进入殿中。但是这里，他的脚下才是最初设计起点。在1680年，当尊贵的客人们乘马车抵达正门，随后攀登上长长的地狱楼梯，而在楼梯的顶端，迎接他们的正是天堂。

一抹笑容爬上了杰弗瑞的嘴角，穿越地狱到达天堂，这才是正确的顺序，这也是他必须做的。眼下这部书是他最后的机会，没有什么可以阻止他。对着头顶的地狱，他发誓要赌上一切。

19 千万别让她发现

在电视广告里，海洋连锁旅店主打它的超级舒适大床。不管你经历了商务苦旅，还是在派对上嗨过了头，投入大床的怀抱就能保证你一夜好睡。即使在日间，舒适的大床也吸引来不少客流，比如眼前这位。

克洛伊在这家旅馆做了六个月的前台，已然掌握了看人的技巧。眼前这位女士乍一看三十出头，实际应该有四十多了；她的眼镜度数很低，有可能就是平光的；手指上的印痕说明她刚刚在停车场摘掉了订婚和结婚戒指。这一切都表明她是一名惯犯。

克洛伊迅速为客人办好了入住，递上房卡，目送对方进了电梯。然后她收起笑容，在电脑上打开了刚关闭的预定信息页。她往四下里扫视一眼，见没有别人，就猛地往电脑前一探身，仿佛在尽力去够柜台上的圆珠笔，用她丰硕的胸部挡住了 CCTV 的监控视线，另一只手则在下面用手机拍了屏。她这样收集信息已经有一个月了。虽然暂时还没想出具体的行动方案，但信息即财富，总有一天这些信息会为她赢得人生的第一桶金，或许是房款首付也不一定。

一个小时后，克莱尔终于等烦了。

她索性甩掉鞋子，四肢摊开了躺在大床上，想着一个下午就这么浪费了。英国的夏天是如此短暂，她应该去游泳去海边享受日光浴，可她却躲在一家小旅馆里看电视。都一个小时了艾瑞克依然没有出现。其实上次约会他迟到就已显露端倪，后来就不该再约了，只怪自己没忍住，对他的新鲜劲还没过。

十分钟后，她的手机收到一条信息："对不起，今天不行了，E."落款只有他名字的缩写，既没有Kiss，也没给出任何解释。克莱尔一骨碌从床上爬起来，蹬上了高跟鞋。艾瑞克比她小十八岁，他们相识于一家画廊的十周年派对。她当时计划是三个月分手，如今只过了三分之一。现在回想起来，很可能艾瑞克高估了她的财力，而自己低估了他的阅历。克莱尔不喜欢多愁善感，她戴上太阳镜出了旅馆。

星期五下午三点多，不少人已经提早开始了周末，红绿灯前排起了一条长龙。克莱尔的手指轻轻敲击着方向盘，一边漫无目的地张望着。忽然，她在对面的车流中瞥见了一辆熟悉的车子，不禁转过头去一直盯着车子开过。这是要去哪儿呢？她的眉头一蹙。直到后面司机按响喇叭，才把她从思绪中惊醒。等到了下一个环岛，克莱尔果断地掉了个头，她知道刚才那辆车要去哪儿了。

敲完最后一个字的时候，杰弗瑞已经饿得前胸贴后背了，从凌晨四点吃完了家里的最后一片吐司后他就再没进食。以往在他写作期间，克莱尔都会在家中备好充足的饼干、坚果和巧克力；眼下他翻遍了冰箱，只找到沙拉、脱脂牛奶和鸡蛋。过程虽然痛苦，好在结果令人兴奋，他仅用了四周时间就完成了新书的初稿，同时减掉了三公斤体重。

他吹着口哨，换上一件干净衬衫，打算去附近的炸鱼薯条店要上一大份新炸的鳕鱼。临出门前，他习惯性地摸了一下外衣口袋，是空的。杰弗瑞一惊，忙跑回楼上书房里去找，然后又去汽车里搜了个遍，依然没有发现他的黑皮笔记本。那上面记录这部小说的所有想法，他不想让任何人看到。也许是掉在伯利庄园了，他想了想又摇摇头，在那之后他还用过笔记本。最近他极少外出，在伯利庄园之后他只去过一个地方。杰弗瑞的脸色阴郁起来，必须马上找回笔记本，一定要赶在她前面。

半个小时后，杰弗瑞用自己的钥匙开门进了老谷仓。他直接奔向了冰箱，找出一条巧克力棒，撕开包装，站在原地几口就干掉了。然后他飞快地在屋中巡视了一圈，没有发现笔记本的踪影，便沿着旋转楼梯爬上了跃层。卧室里的光线很暗，天鹅绒帷幕只拉开了一半。杰弗瑞没动帷幕，径直拧亮了台灯。几分钟后，他从沙发上一堆乱糟糟的衣物下面摸到了自己的笔记本，看情形康妮很可能没注意到它的存在。

他刚把笔记本塞进外衣口袋，就听见了门外有汽车声。杰弗瑞赶紧关掉了台灯。他犹豫着，是赶在康妮进门之前冲到楼下去，表示自己也刚到；还是索性脱了外衣躺在床上迎接她。他一撇嘴，眼下他只想吃饭，对她可是一点胃口也没有。杰弗瑞决定按兵不动，黑色的螺旋楼梯在一片昏暗中显得分外狰狞，他可不想摔断脖子。

他听见钥匙插进锁孔里，门打开了，然而进来的并不是康妮一个人。

还差十分钟四点，朱迪就赶到了新学生的家门口。她掏出纸巾把刚冒出的汗都擦干净，又努力把气喘匀了，这才按响门铃。由于没有直达的公交车，她不得不坐到市中心去换乘，然后还要走上十几分钟；长途跋涉的结果只能挣一小时的课时费，实在有点冤。从门里边传来了窸窸窣窣的脚步声，朱迪赶紧换上了一副专业表情。

来开门的高个女子正是新学生特蕾西，她穿一件绿绸无袖上装配白色阔脚裤，头顶几乎要触到门框了。她俯视着朱迪，伸出一只手表示欢迎。她的手臂和脸颊上布满了淡淡的雀斑。

特蕾西一边把她让进屋里一边说："我还以为中国女孩都很瘦。"说着她笑了："哦……你别介意呀。"

"不，我们各种型号的都有。"朱迪也眯起了笑眼。

特蕾西带她到厨房坐下，随即明确表达了自己学习中文的目的和要求。明年初，特蕾西的丈夫将被公司派往北京工作两年，她希望能学会一些日常用语，方便外出、购物、旅游、社交。

"但是有一点，我不想学写中文字。"特蕾西用力点点头，以示决心。

朱迪也停下了手中的笔，抬起头来看着对方。她不是第一个不想学写汉字的学生。有些英国人觉得能看拼音就 OK 了，却不懂得汉字分平、上、去、入四声，不像英文是没有声调变化的语言；除非他们拥有异常灵敏的耳朵和记性，否则学的内容一多就晕了。

"没问题！"朱迪给出了她的信心微笑，随即从半打教学计划中挑出一个实用性最强的给对方介绍，旨在增强她在华居住期间的便利性。

在几番碰壁之后，朱迪悟出了为人师表不能太较劲，要把学生当客户哄，教学方针必须调整为“鼓励+寓教于乐”，即在那一个钟点之内她尽心地教，至于对方能否学会，那就看天意了。看得出特蕾西对这个答复挺满意。当二人开始练习问候语的时候，朱迪感觉到放在脚边的书包在微微振动，进门之前她就把手机静音了。过了片刻书包安静下来，几秒钟之后振动又开始了。

20 周六就这样毁了

在朱迪看来，玛格丽特和康妮能成为好朋友简直是一个谜。跟前者在一起总让人感到愉悦放松；与后者交谈则有些冒险，偶尔会抛出一两个闪亮的点子，随后又喷出一股恼人的黑烟。

星期五晚上朱迪从学生家里出来，街上的热浪已经退去了；和北京的酷暑相比，英国的夏天算是相当温和了。朱迪发现手机上有三个未接电话还有语音留言，她一边往车站走，一边把手机贴在了耳朵上。

“还记得请你帮忙给康妮拍照的事情吗……”玛格丽特听上去有些气喘吁吁，背景里好像在刮风，“……明天上午十点钟可以吗？我去接你……”

朱迪听着扬了扬眉毛，不敢相信康妮的书真要出版了。虽然她不愿意承认，还是有一点点羡慕人家“能作”的劲头，想做什么就一定要干到底，而自己的热情总是太短。就说这摄影，她曾经着迷过一阵，刚到英国的时候去哪儿都背着她的尼康单反，见了湛蓝的天空尤其手痒，没多久就懒了，像其他很多事情一样慢慢地放凉了。

有一次她给玛格丽特看了一些自己拍的中国风光，后者边看边夸，随口问起能否帮康妮的新书拍封面。康妮准备自费出版，可是印刷厂给出的封面设计一直让她很恼火。朱迪答应得很痛快，这是头一回有人请她拍照，虽说是免费上门服务，但自己的作品能被印成小说封面。

“这么好的天气，我们可以在户外拍照。”

星期六的上午，玛格丽特准时接上了朱迪。白色宝马的软篷放倒了，八月的阳光毫无遮拦地照在头顶和脸上，幸好一路有风吹着。英国人是有多爱晒太阳啊，朱迪的心中很无奈。

“不，我们今天在老谷仓里面拍照……如果康妮没有改变主意的话，她有一个非常特别的创意……”玛格丽特一字一顿地强调着特别，随即补充道：“老实讲，我不是很喜欢……太瘆人。”

能有多瘆人呢，朱迪琢磨着，玛格丽特看上去一点也不担心。她今天的穿着很随意，蓝白条的水手衫配白色七分裤，脚上不再是 Jimmy Choo 而是一双帆布鞋。“我可以给你当助理。”她自告奋勇地对朱迪说。

朱迪接着琢磨起车后座上的那只藤条野餐箱，她一上车就看见了。按玛格丽特的说法，不能辜负了这样的好天气，所以她准备了熏三文鱼、黄瓜三明治和草莓海绵蛋糕，拍完照她们可以在附近的小山坡上野餐。暖风吹得朱迪迷糊起来，她真希望不是去郊外的老谷仓，而是一直向着海边开；她想象吹着海风，嚼着小巧的三明治，最好还有一杯冰凉沁心的霞多丽。

车子出了城，经过了一个火车道口后便离开主路，开上了一条颠簸的小路。不一会儿，老谷仓就出现在她们面前。朱迪转着脑袋到处看，她不敢相信康妮住在这么偏僻的地方，没社区没商店，怎么看都不像生活在 2014 年。一抬头，她发现屋檐的一角架设着 SKY TV 的那口锅，心里才踏实了一点。为了搞创作就把自己发配到这么荒凉的地方，康妮真是下了狠心。

老谷仓的石材不是当地常见的蜜糖色，而是深灰的，沿墙根长了一溜黄绿的苔藓。房子的正面看不到窗户，只见石墙上劈开几道裂缝，缝隙里塞进了玻璃。矮矮的门洞，仿佛是给霍比特人准备的。几十米外有一处歪斜的马厩，看样子已经废弃了很久，只等待一场暴风雨来结束它的痛苦。

玛格丽特走上前敲了敲门，没有人应声。再敲，里面依然没有动静。

“从昨天晚上她就不接我的电话。”她嘟囔了一句，接着跟朱迪解释，康妮不接电话一般有两种可能：一是在写作中；二是宿醉未醒。朱迪笑了，看她说话这么轻声就知道里面那位还没起床。玛格丽特弯下腰去，伸手去挪动靠墙的几个花盆，盆中长了好多野草，几乎看不出来原本种了什么。

“哈！”只见她从第三个花盆底下摸出了一把钥匙，朝朱迪晃了晃。后者一吐舌头，觉得回到了上个世纪。玛格丽特拿钥匙开了门，里面一团漆黑。朱迪忽然犹豫了一下，她不太想撞见康妮醉酒的样子，万一她吐了怎么办。玛格丽特好像觉出了身后的迟疑，转身拉起她的手说：“没关系的，跟我来。”

朱迪听见房门在她身后关上了，在那一瞬间她仿佛失明了，什么也看不见。明知这是由于室外光线太强，眼睛一下子适应不了屋里的黑暗，她还是隐隐地有点怕，不由得抓紧了玛格丽特的手。一股潮气混杂着霉味冲击着她的鼻孔，简直像跌进了阴湿的地窖。每迈出一步，地板就在脚下咔吱咔吱地叫，似乎不堪承受朱迪的体重。她愈小心，响动愈大。真不知道康妮怎么受得了这份吵，还是她瘦到了一个境界，连地板都觉察不出她的分量？

过了一会儿，朱迪开始看清家具的轮廓，书桌、沙发、一只高脚凳倒在地板中央，只是不见康妮。她想去扶起那只凳子，刚往前迈出一步就被玛格丽特从身后一把拽住。

“你别去！”她叫起来，差点把朱迪拽了一个趔趄。

昏暗中，玛格丽特的表情有些吓人。朱迪顺着她的目光往房梁上看，只见一件黑色的长袍悬挂在半空中。她使劲揉了揉眼睛，再看时发现黑袍子长出了四肢，还有一张脸。朱迪吓得不敢出气，她感觉那一团黑在不断放大，不对，是离她越来越近；下一秒钟就飘到了她的面前，甚至俯下身子，用黑黑的长发来回蹭朱迪的脸。她记得这感觉，凉凉的滑滑的，带着一股洗发香波的味道。在一片黑暗中朱迪居然看见了那个女人的脸，看她的嘴一开一合，把那几个字送进自己的耳朵里：“我们等着你。”

玛格丽特踮起脚尖去够康妮的手腕，摸上去像一根棍子，完全感觉不到脉搏。她吓得退后两步，手指抖抖地伸进包里去摸手机。忽然她停住了，两眼直勾勾地盯着一旁的同伴。朱迪不知何时站到了尸体的脚下，她站得如此之近，脸几乎埋在了康妮裙摆的流苏里，她左右晃动着脑袋，仿佛在玩一个小孩子的把戏。

玛格丽特拨通了999。她刚说清楚了老谷仓的位置，身后就传来一声巨响。

21 被警察请去喝可可

当警车和救护车赶到的时候，朱迪依旧一脸茫然地坐在地上，头倚在玛格丽特的肩膀上。她搞不清玛格丽特为什么在哭，自己为什么总往下出溜。刹那间，老谷仓里涌进来好多穿制服的人，她能觉出地板在一个劲地震颤；有人蹲下来跟她讲话，但她身边环绕着一堵看不见的墙，把对方说出的每个单词都弹了回去。随后她被人抬了起来，身体被几根带子绑在一张床上。朱迪松了一口气，终于可以舒舒服服地躺下了，脑子里瞬间一片空白。

再醒过来时，朱迪发现自己躺在呼啸的救护车里，玛格丽特在旁边紧握着她的手。

“你还好吗？”她凑近了一点，眼睛和鼻尖都红红的。

朱迪刚要开口才意识到脸上的氧气罩子，想举手比画一个OK，发现手臂也被绑在床上了。

“对不起。我……我没能扶住你，太突然了，你倒下去的声音很大，希望没有摔到头……”

朱迪没太听清她说什么，耳朵里还有回声。看对方那么难过，她不禁担心起来，是不是自己有生命危险，这可是她平生第一次坐救护车。她闭上了眼睛却记不起来发生了什么，不管怎样，肯定不会是玛格丽特的错。车子的颠簸让她有些恶心，朱迪又闭上了眼睛。她的脑海中仿佛有一面镜子摔碎了，满地碎片中映射出横七竖八的影像，怎么看也拼不成一个完整的画面。她越是想看清楚就越觉得头晕恶心。

“康妮康妮……死了死了……”远处传来了一个陌生的声音。死了？康妮！朱迪再次睁开眼，面前只有玛格丽特。

原来那个吊在半空的黑影是康妮，为什么自己看到的是……那个女人。朱迪打了个冷战，瞬间记起那个女人在黑暗中朝自己俯下身子，用长发来回蹭她的面颊。一想到这个，朱迪的脸上登时没了颜色。很快，救护车停在了市医院的急救中心门口，朱迪被抬了进去。几分钟后，位于医院另一侧的尸检中心接收到一具女尸。

玛格丽特坚持要求陪在朱迪身边。接下来一个多小时的检查结果显示朱迪的颅骨无骨折，颅内无明显异常改变，其他各项指标基本正常；目前的轻微思维混乱和头痛症状会在随后几天慢慢消失。离开急救中心，这两名女士随即被邀请到警署做笔录。

笔录是分开进行的。在一楼的问询室里，艾伦·麦克莱恩探长将一杯水放在了玛格丽特面前，然后在她对面坐下来并不急于提问。他回想着在老谷仓见到的那一幕，昏暗的光线中一个瘦削的黑影从房梁上吊下来，简直像恐怖故事的插图。探长是本地人，从小就听说过老谷仓里住着老女巫的故事。村里的孩子们有时会结伙过来张望，但没有谁敢在夜晚靠近这地方。今天还是他第一次进到了老谷仓的里面；和破败的外观相比，室内的装饰可以称得上华丽，只是更接近于舞台布景而不是实用家居。风从敞开的门洞钻进来，吹起了死者裙摆上的流苏，仿佛她正在慢慢复苏。然而倒在一旁的高脚凳和摔碎的手机则在建议，这里没有什么女巫，只不过是又一起愚蠢的自拍事故。

“都是我的错。”玛格丽特用手帕抹净了泪水，同时坐直了身体，“这个想法太疯狂了，我就应该制止她，就不该为她安排今天的拍照……否则……她就不会……”

“这个疯狂的想法是……”

玛格丽特深深吸了一口气，跟探长解释起事情的原委。康妮写了好几本小说都被出版社拒绝了，最新的一本悬疑小说又被退回来后，她就决定自费出版。印刷厂免费提供的几款封面设计都不能让她满意，于是她自己想出了一个点子，即模仿绞刑的情景，拍一张她套上绞索的特写。她在谷仓里找到了一捆适合做绞索的绳子。在上周五与玛格丽特共进午餐时，她说出了自己的想法。

“因为康妮没钱请专业摄影师，所以我才会请朱迪帮忙……真是对不起她……”

“所以，康妮想自己做模特儿，套上绞索，拍一张类似实施绞刑的恐怖照片，用来做她新书的封面。”也许是因为艾伦探长的语气，整件事听上去无比荒唐。

玛格丽特的表情十分尴尬，她迟疑了一下说道：“我知道这听上去很蠢，但是康妮的很多想法都和其他人不一样。可能我跟她相处久了，早就习惯了她的异想天开吧。她说这本新书是心理惊悚小说，封面一定要恐怖，所以……其实我也听不懂她要怎么拍照，她就拿起一张餐巾纸画了起来，还说要让朱迪按照她的草图拍……”

艾伦探长点了一点头，那张皱皱的餐巾纸目前正躺在透明的证物袋里。从草图上的标注来看，拍照时康妮应该站在凳子上，镜头仰视，从正面去拍她低垂的脸和头上方的绞索。眼下还要等待尸检结果，但经验告诉他，死亡时间不会晚于昨天夜里。探长问起了昨天下午的事情。

昨天下午，玛格丽特愣住了，才刚过去二十四个小时却感觉如此遥远。她叹了口气，边想边说。昨天中午一点，她跟康妮在市中心的黑马酒吧共进午餐。席间康妮的兴致很高，在餐巾纸上画了拍摄草图。因为喝了三杯红酒，康妮的汽车只好留在停车场，由玛格丽特送她回家。在路上，康妮说她想自己先拍照试试角度。玛格丽特看她有点醉了，就让她等明天朱迪到了再说。因为要去园艺中心买驱虫药水，玛格丽特把康妮放到老谷仓门口就开车走了。

“这么说……我是最后一个见到她活着的人了？”

“有可能。”

玛格丽特将脸埋在手心里，双肩抖动起来，突然她抬起头来说：“我就应该进去把那捆绳子拿走……”

“别太难过了，你很难预见另一个人要做什么……所以在你看来，康妮在你离开之后又……”探长似乎在期待对方把句子说完。

然而玛格丽特只是摇了摇头，半晌才说：“我不敢……不敢去想象后来发生了什么。”

“除了你和康妮，还有谁知道门钥匙藏在花盆下？”

“应该没别人知道，康妮的朋友不多。”

"那……男朋友呢？"

玛格丽特低头沉吟着，一时间拿不定主意，康妮的隐私到底该不该说，又该说多少。

在隔壁的问询室里，警佐马丁有点不耐烦地望着桌子对面的这位女士，她的脸像薄煎饼一样圆，脖子都缩进了毛毯里，只露出两只手捧着一杯热可可。她的身体已经不抖了，但表情仍旧木然。在过去的十分钟里，她回答问题时总是含含糊糊地，英文里不时地冒出一些中文。往好里说，可能这位女士还没有从惊吓中恢复过来，那一跤摔得有些重，现在不是询问的最佳时机；或者她想隐瞒什么，故意含糊其词。马丁决定换个角度提问。

"关于这次拍照的想法，之前康妮和你讨论过吗？"

"我们没那么熟，我来帮忙是因为玛格丽特，康妮用我是因为免费。"

马丁感觉到对方并不喜欢死者，接着他问起了拍照的安排。这一回朱迪的反应倒很痛快，直接掏出手机，翻出上周五玛格丽特的短信给他看。在上周五两点到四点之间，玛格丽特给朱迪打过三次电话，其中一次留言并发送了两条短信。语音留言的时间是 15：59，朱迪输入了语音信箱的密码又调大音量。

玛格丽特声音听起来很高兴："Hi 朱迪，我现在园艺中心，我把你樱桃树的照片给这里的人看了，他们推荐了一种除虫剂，专门解决蚂蚁的问题，这个是对宠物无害的，我买了一瓶明天带给你。还记得请你帮忙给康妮拍照吗？明天上午十点钟可以吗？我去接你。如果不行的话……"背景中有风声，她大概站在园艺中心的大棚外面。

朱迪收起手机，又回到了愣神的状态。马丁不得不把问题重复两三遍，也不知道她皱着眉头在想什么。

“是不是有什么事情困扰你？”他忍不住问道。

“我搞不懂……我怎么能看到她的脸，就这么近，面对面。”她说着伸出一只手掌在鼻尖前比画着。

“你是说……康妮的脸和你面对面？而且是今天？”

“是的。我当时站在原地没动，玛格丽特走过去检查她的脉搏，但我不敢去。然后康妮一下子就到了我跟前，还俯下身子，她的头发都贴到我脸上……”朱迪停下来喘气，眼中闪过一丝恐惧，仿佛她在重新经历那一刻，“然后，我就看见她的脸。”

马丁没有说话，但他的表情却证实了对方的猜测。

“我没撒谎。”朱迪迎着警佐的目光说，“我也知道这不可能。康妮已经死了不能动。可我真的看见了她的脸，她的洗发水是青苹果味的。”

马丁连连点头，看来她的精神状态确实不适合做证。当他表示暂时没有更多问题了，朱迪却迟疑了一下问道：“康妮是自杀吗？”

“是什么让你觉得她有可能自杀？”马丁反问道。

“她说过，在课间休息的时候，她说上吊是最好的自杀方式，就像是……自我处决。”

说完了，朱迪裹紧肩上的毛毯，像只棕熊一样慢吞吞地挪到了门口。突然她转过头来朝马丁一笑，扬了扬手里那杯热可可，说了声谢谢。

22 开放性夫妻

星期一下午办公室里只有马丁和探长两个人。马丁把康妮在死亡当天所拍的照片导出来打印了，一张张铺满了整张桌子。他觉得事情已经很清楚了，如果艾伦探长不节外生枝的话，这案子很快就能结束了。

探长数了数摊在桌上的照片，一共四十七张。前四十六张照片上是同一个女人的面孔，对着镜头尝试不同的惊恐表情，一条粗糙的绳索套在她的颈上，有几张照片里还出现了房梁。第四十七张的画面虚掉了，估计在按快门的一刹那手机飞了出去，拍摄时间是星期五 15：41。这跟尸检报告上的死亡时间很接近。探长的目光停留在最后一张照片上，在这一片模糊的影像里记录的才是真实的恐惧。

“联系到死者的家属了吗？”

“死者的父母早就过世了。她是独生女，有过两任前夫但没有孩子。目前只联系到康妮的姨妈，住在阿伯丁。她听起来……唔……怎么说呢……”马丁抓弄着一头鬈发，复述起他跟这位姨妈在电话上的交谈。

“康妮死了？她被人谋杀了吗？太可怕了……真是……老实讲，我一点也不觉得奇怪。”

“为什么你会认为康妮是被人谋杀的？”马丁忍不住问道。

“你是警察，不是吗？你不是要告诉我，康妮的死属于正常死亡吧？还是她出了车祸？”

“都不是。”

“哈，我早就知道她会是这样的结局……总是惹上麻烦……从小就是……道德从来对她没有约束力……坏血统来自那个酒鬼父亲，听说她的祖母当年是个巫婆，还被人们赶出了村子……”

“最后她说……”马丁翻看了一下笔记本，“鉴于她的健康状况，她本人不大可能来彼得堡，会让她的女儿索菲出面处理死者的后事。”

探长听完了没说话，倚在桌边沉默了一会儿。艾伦探长不过三十出头，只是一路走高的发际线让他看起来像一个标准的中年人，尤其当他皱起眉头的时候。根据现场的勘查结果分析，死者在自拍过程中出现重心偏移，导致高脚凳向左侧跌倒，同时手机飞出去摔碎在地板上。死者企图抓住颈间的绳索来自救但未能成功，造成一些抓痕及指甲折断。除了颈部的勒痕，身上并没有发现其他伤痕。在室内多处发现了另外两个人的指纹，而摔倒的高脚凳上只有死者的指纹。似乎所有的证据都指向一个结论：自拍意外事故。探长把双臂抱在胸前，他还不想就这么结案，从那天一迈进老谷仓他就像站在了一个舞台上，周围是临时搭建的布景，让他感觉一切并不是它们看上去的样子。

“再看看那些自拍，这次按拍摄时间分组。”

很快马丁就把照片分成了四组。第一组的十一张照片几乎是一口气拍完的，表情是挑逗大于惊恐。三分钟后又拍了第二组九张照片，这一次康妮把长发在头顶上盘了起来。间隔五分钟后，拍了第三组十五张照片，这回绞索不再像项链似的套在锁骨上，而是勒在下巴后面，她的眼睛也瞪得特别大。马丁能想象那一刻她在做屈膝动作，制造出一种身子下坠的效果。两分钟后她做了更大胆的尝试，绞索明显勒紧了。在第四组的十一张照片里康妮放下了长发，不断将头歪向左侧，想制造出一种脖子被折断的效果，而且幅度一次比一次大。七分钟后，15：41 拍下了最后一张模糊的照片。

“我们永远也没机会知道，她最后那七分钟的创意是什么了。”马丁感叹着，能看出死者在不断挑战自拍的难度。

“也许在那七分钟里，她在和别人谈话。”

“但她的手机通话记录显示……啊……你是说，现场还有别人？”马丁瞪大了眼睛。

“进出老谷仓好像并不难，钥匙就藏在门外，或许还有其他备用钥匙。”

“探长……你也怀疑……是谋杀？”马丁吃惊地看着对方，怀疑那位姨妈的话影响了探长的判断。

“我只是建议……可能不是自拍事故那么简单。”探长用手敲敲桌上的一个文件夹说，“你别忘了这些，她手机里大部分照片都是自拍，但这几张像偷拍。”

马丁翻开了文件夹，在里面的三张照片上康妮都和同一名男子躺在床上，两个人一丝不挂，康妮对着镜头微笑，而身边的男子闭着眼睛似乎在熟睡。拍摄时间 6 月 28 日 17：39。

“也许在她看来这也是自拍。知道这个男人是谁吗？”

马丁刚要摇头又一想，掏出 iPhone 来一通戳，随即将手机递到探长面前。这是彼得堡艺术学院创意写作课程的招生页面，一位长得很像甘道夫的男子微笑着坐在书桌后面，桌上堆着厚厚的一摞书。

“我记得那两个女人都是写作班的同学……”马丁念着屏幕上的介绍，“著名作家亲自执教，杰弗瑞·艾恩斯出版了三十余部小说，代表作有……写了这么多书，怎么我从没听说过。”

探长的关注点与马丁不同，他一指屏幕：“看见了吗，结婚戒指。”

杰弗瑞的目光停留在手中的咖啡杯上，尽管这次谈话是意料之中的，他还是觉出自己在紧张。这不是他平生第一次被警方问话，大学时代他曾经因为大麻派对与警察有过短暂的交集。然而这次不同，有人死了。今晚是“作品分享之夜”，在暑假期间写作俱乐部每周都会在酒吧聚会一次，前几周因为他忙于写作都取消了。今天他特别准备了一些文学常识和著名作家逸事的趣味问答，来提起大家的兴致，眼下却觉得自己白白浪费了时间，大家感兴趣的话题恐怕只有一个——康妮。

时间一分一秒地过去了，杰弗瑞越来越坐不稳了，他不知道对方到底在等什么。恍惚间，他觉得自己的灵魂好像从躯壳里面游离出来，在空中飘荡着一路上升，最后停在了吊灯上，坐在那里俯视着下面的三名男子。如果是在书里自己该如何描写眼前这个场景？艾伦探长看上去不到四十岁，平滑的面庞上没有任何表情，他的目光似乎被壁炉上方的照片吸引住了，还是他故意拖延来增加问题的分量？坐在旁边的警佐就更年轻了，一副随时准备跳起来投入行动的样子。杰弗瑞仿佛透过他们的眼光照见了自己：一位年近半百，默默无闻的作家。

“你和康妮·拉塞尔是什么关系？”探长的声音突然响起。

“师生关系。”杰弗瑞的回答有点快。

“还有吗？”

杰弗瑞露出了苦笑，他们当然已经知道了。无论是玛格丽特还是朱迪，都会非常乐意向警方提供这条信息。他清了一下嗓子说：“我和康妮是师生，也是情人。”

“你们在一起有多久了？”探长继续问道。年轻的警佐则不停地记录，好像每一句回答都是至关重要的证词。

“不到一年。”

“你妻子知道这件事吗？”

“我不清楚……我猜……克莱尔可能知道……你看，我们是开放式婚姻，从来不干涉对方也不谈论这些事。”杰弗瑞说着皱起了眉头，问道：“等等。为什么要问这些？这和康妮的死有关系吗？难道你们怀疑……”

警佐打断了他：“还记得上周五下午三点到四点之间，你在哪里吗？”

杰弗瑞愣了一下，所以这就是法医判断的死亡时间，三点到四点之间。

“我应该在家。”他迟疑着，然后点点头说，“对，我在家写作。”

“有人能证明吗？”

“我妻子，她能证明。”

“所以，你和你妻子可以互相做证，上周五下午你们都在家里？”

“为什么……克莱尔需要证人？她不认识康妮……她根本……不介意。”

探长微微一笑说：“很少有妻子能做到‘根本’不介意，不是吗？即便是开放式婚姻……当然，这只是我们办案的经验。”探长咳嗽了一下，问道，“康妮有没有向你提出过什么……要求？”

“什么要求？”杰弗瑞愣愣地盯着探长，试探着说：“跟我结婚？”

探长点了点头。

杰弗瑞突然笑出声来。艾伦探长看得出他浑身的肌肉都放松了，这不像是装出来的，刚才他那么紧张又是因为什么呢？

“康妮不需要婚姻。她只想享受当下，不管代价是什么，一段情，一段刺激，一种体验，她说这样会有助于她写作。我不相信康妮会自杀，她从来不会抑郁，虽然她有时会让别人很郁闷。”杰弗瑞越说越快，人一放松，话语也跟着流畅起来，“她最近非常兴奋，因为她的新书马上要自费出版了。真不知道她怎么搞到的赞助，可怜的老玛格丽特，一定是被康妮烦得不行才同意了……”

“玛格丽特为康妮支付出版费用？”探长打断道。

“是的，她们是好朋友。花了七千多镑，因为康妮想要硬皮书。”

想不到当一回作家要这么大投入，马丁觉得这些人简直是疯子。

“这本书很有意思，是关于谋杀……啊我想起来了。”杰弗瑞让探长等一下，随后钻进楼上的书房一通翻找。他把一张A4打印件交给探长说：“这是其中的一章，康妮在课堂上朗读过。”

探长接过来飞快地浏览着，“的确很有意思，我能保留这份吗？”

“当然可以，我还有备份……”杰弗瑞犹豫了一下，声音有些颤抖，“你们怀疑……康妮是被人害死的？”

对面的两个男人同时望向他，这是自谈话以来他第一次表现出难过。

“现在下结论还为时过早。如果你知道什么最好告诉我们。”

杰弗瑞深深地吸了一口气说：“康妮有一个习惯，不……是两个习惯。第一，她喜欢把身边的人原封不动地写进故事里。当然所有作家都会从现实生活中汲取灵感，不少书中的人物都有真实的原型，但没有谁会写得像她这样直接露骨。有一次她把一个反面角色描写成班上另一位学生的模样，而当康妮大声朗读时，这位人物原型恰好坐在她的旁边。你们可以想见当时课堂上的反应。”说着他两手一摊。

“那么这篇呢？”探长举起手中的纸，“这个故事的人物原型是谁？”

“这个……不好说，没有人物的外貌描写。”杰弗瑞想了想又说，“但对鞋子痴迷的特征……可能是从玛格丽特身上借来的。”

“另一个习惯呢？”警佐提示道。

“康妮喜欢偷录别人的谈话。”杰弗瑞耸了耸肩膀，说：“很多作家，包括我自己都会忍不住偷听别人的谈话，但极少会有人偷偷录音。有一次她在偷录一对情侣争吵时被人家发现了，结果录音笔被当场踩碎，康妮也被酒保轰了出去。后来我送给她一支新的录音笔。”

这似乎是一个很容易树敌的女人。探长看了杰弗瑞一眼，后者显然已经打开了话匣子，表情放松多了。

“至于康妮的新书，她不想在出版之前听一听老师的意见吗？”

杰弗瑞的笑容中多了一份自嘲的味道，“首先，康妮有足够的自信。其次，她要写的是畅销书。鉴于迄今我尚未出版过畅销书，恐怕我的意见不会对她有什么帮助。”

这样说来，即使康妮没有死，这对师生恋也算走到了尽头。探长和警佐起身告辞，杰弗瑞送他们到门口。等探长他们的车子已经驶远了，克莱尔才从卧室里出来。

“一切都OK吗？”她走下楼梯问道。

杰弗瑞依旧站在窗前发呆，仿佛没听见她说话。她走到丈夫身后双臂环抱住他，贴近他的耳朵又问了一遍。

“是的，我想是的……我希望是。”他轻轻地拍着她的手，似乎在给妻子信心。

23 原来还有一具尸体

上个星期六的傍晚时分，朱迪才从警察局回到家里。

她原本是一沾枕头就睡着的体质，又吃了医生给开的药，接下来的一周里每天都是睡到饿了才起来，吃饱以后又躺下。然而她总是在天亮以后才能睡安稳，一到夜里就噩梦不断。朱迪不得不认㞞。这些年来她读过的推理小说能摆满一个书架了，总盼着能撞上一起谋杀，好亲身体验一回探案的过程。如今真的发现了一具尸体，按理说应该兴奋、好奇、创作冲动，可她只想用被子蒙头，巴不得忘得干干净净。

转眼又到了星期天，朱迪歪在床上看老公查利慢腾腾地收拾行李。从明天起他将在伯明翰培训一周，因为需要提前一晚入住酒店，午饭后他就得开车上路了。

“你确定一个人没问题吗？我可以给妈妈打电话，让她过来陪你住几天……”临出门查利又一次建议，等他看见了老婆脸上的表情，便改口说，“也许你可以跟玛格丽特聊聊，她看起来人很好。”

朱迪坚持自己真的没问题。她并不反感自己的婆婆，事实是她们俩之间的和谐建立在礼貌的距离感上，朱迪很满意这样的婆媳关系，一旦把距离拉近就再也回不去原状了，她可不愿意冒这个险。再者说，眼下她没心情去满足任何人的好奇，一心想忘了那天可怕的经历。这些天当地的报纸、网上都登出了“老谷仓女尸”的报道，文章都不长，有的连死者的姓名都没提及。朱迪几乎没认出照片上的老谷仓，它看上去很破败，完全不是在明媚阳光下的可爱模样。“现在怎么看都像凶宅。”她自言自语道。村里的人，包括她的公婆在内，肯定都已经知道是她发现的尸体；她将不再是“那个中国女人”了，而是“那个发现了尸体的中国女人”。

查利看她又在愣愣地出神，也不知道脑子又飘到哪里去了，只好在老婆的额头上亲了一下，大声叮嘱她记得吃药，锁门，给他打电话，这才上车离去。

眼瞅着天空阴沉下来，朱迪决定赶紧带上小狗在附近溜一圈，在回来的路上雨点就噼里啪啦地打下来。等她跑进家里擦干了头发，屋里已经暗得需要开灯了。透过厨房的窗口看出去，花园里黑得像夜晚一样，朱迪不禁担心起正在路上开车的老公。他这会儿估计刚出了彼得堡，也不知道那边的雨大不大。

一道闪电将黑暗劈成了两半，片刻雷声震得窗玻璃嗡嗡作响。朱迪站在窗前不动，整个人像被震傻了。又一道闪电劈下来，雷声仿佛在房顶上炸响。小狗惊得从沙发上跳起来，躲进了椅子底下不住地呜咽。朱迪并没有过去安抚它，她就站在原地，耳朵里只有隆隆的雷声。

“那天也下雨了。”

她点点头，像是在跟自己说话。没错，她记得自己冲刺似的跑进楼道，好在雨刚开始下，她的衣服还没被淋透。但是那个人没有淋雨，当时她的头发蹭到朱迪脸上，是干的。所以，在下雨前她就挂在那里了。

“啊——！”听见自己的叫声倒把朱迪吓得够呛，她来不及捂嘴就觉出腿软了，双手赶紧抓住了水池的边沿，心中只有一个念头：不能再摔到脑袋了。最坏的事情已经发生了，她看见了那个人的脸。

那感觉仿佛是回到了小时候的露天电影院，朱迪从厨房的窗口望出去，眼前出现了一块巨大幕布，那上面活动着黑白的影像，她认出了八岁的自己，在距离家门口十几步的地方，那是宿舍楼里最幽暗的拐角，她眼瞅着自己一头撞上了一个女人。一张照片飘落到地上，自己捡了起来，那照片上有爸爸和一个不认识的阿姨。自己说了“对不起”，但黑衣服的阿姨没有反应，也不让开，长长的头发挡住了脸。自己伸手去推她，阿姨晃动起来，她的双脚根本没有着地，一根绳子把她吊在了高高的门框上。然后自己就开始跑，踏得楼板嗵嗵直响，一直跑一直跑，直到被一个大人拦住了。自己停下来才发现裤子尿湿了。

过了好长时间，朱迪似乎才看明白这部电影演的是什么。原来她从来不曾是爸爸的小棉袄，而是他的同伙；那些背着母亲偷偷塞给她的零用钱其实是封口费，好让一个馋嘴的女儿转移注意力，在无休止地咀嚼话梅、巧克力和膨化食品的过程中逐渐淡忘那件事。信任脆弱起来就像多米诺骨牌，一张倒下了，片刻全部坍塌。

时至今日，朱迪每天早上醒来的第一件事，仍是把手探到屁股底下去一摸，床单是干的，这才舒一口气。当然是干的，三十好几的人了还能天天尿炕吗？虽然生自己的气，但她知道明天早晨一睁眼还会这么做的。也许这就是条件反射，恐怕她活到老也改不了。只有在确认过后，她才能放心地掀开被子下床，开始新的一天。

朱迪缓缓地从冰箱里拿出一瓶已经开瓶的红酒。她在桌边坐下，小心翼翼地给自己斟上半杯。那一刻周围安静极了，她似乎能听见自己握瓶子的手在簌簌发抖。星期天下午四点钟，商店全关门了，街道上往来的车辆也少了。每到这个时候，就会从花园后面那条小径上或更远的地方传来孩子们追逐嬉笑的声音；对于屋内的成年人来说，周末的一切外事活动均已结束，现在是沙发时光，闲散过后星期一转眼又到了。

朱迪猛然记起，下个周末已经约好了要跟父母视频聊天。一想到要和父亲面对面，她就忍不住一阵恐慌，甚至不能去想那张熟悉的脸。她不知道该怎么控制面部表情，或是找什么话题来分散注意力，视频一接通他们就会发现不对头。好像有罪的是她。有罪？怎么能用这个词来形容老爸呢？顶多是负心。老妈应该是知道的，也许是她从自己口袋中发现了那张照片，所以才会有那些莫名其妙的争吵，那些无名火。她还记得每一次母亲为她换下尿湿的被褥时，力气大得吓人，仿佛要把床单撕成一条一条的。

“我们等着你。”照片后面的那行字像一片剃须刀在朱迪心口上划过。她怎么忘了那个女人的肚子里还有个正在成形的孩子。一尸两命，难道这不是有罪吗？朱迪知道不该对死者不敬，但她做不到公正；这不是她收集到的另一起真实案件，这里头涉及她的家人还有她自己。人都是自私的，只有程度不同。给她十分钟，她就能为那个女人想出半打解决方案。为什么要上吊呢？就为了一个没有担当的有妇之夫？就算他勉强娶了你，后半生就能幸福了吗？

“太蠢了……太蠢了！”她摇晃着脑袋。

大半瓶红酒下去得很快，微醺的劲头慢慢浮了上来；这感觉真好，教人举重若轻。她开始庆幸今天老公出差了，就在一小时前她还迫不及待地想跟他大哭一场，这会儿她的想法已经变了。朱迪眯起了双眼，把手背贴在脸上给发烫的两腮降温。不知道母亲当年是否也这样哭过醉过，是否考虑过离婚，只是她不敢，一离婚就等于站出来承认了。全仗着母亲的忍气吞声，这笔风月债的嫌疑才被均摊在拐角里四户人家的丈夫身上。朱迪从不记得爸妈为了这件事争吵过，虽然他们经常吵，因为每月的开销，朱迪的功课，或是洗了的衣服有人晾没人收。

“原来我是 PTSD。”朱迪嘟囔着。

那些尿湿的被褥不得不在大院里晾晒，令她蒙羞，一直到小学毕业还有同院的孩子追着她喊：“画地图的。”如果是在今天，医生很可能将尿炕行为诊断为创伤后应激障碍。这么多年她以为自己早忘了，噩梦被封死在瓶子里又扔进了大海。谁知老天弄人，多年后这瓶子居然漂洋过海跟着她到了英伦三岛，一撞见了康妮这个作女，瓶子就砰地打开了。朱迪默默地放下酒杯，把头埋在膝盖上哭起来。她累极了，在记忆中穿梭了无数次去寻找真相，等找到才发现真相和答案是两回事。

手机铃声响了三次她才听见，只感觉手臂又湿又热，是小狗一直在不停地舔她，原来它也会焦虑。

“哈啰。”朱迪的嗓音嘶哑。

“嘿，朱迪……你听上去……一切还好吗？”

朱迪张了张嘴，话到嘴边却像卡住了，怎么也吐不出来。她在电话这头越是不出声，玛格丽特的声音就越焦急。朱迪的泪水又涌出来了，此时此刻她有很多话想说，但不知道能跟谁讲。她不想跟老公说，至少现在不想，不仅仅是因为他在路上开车，朱迪还真说不准他会对这桩家庭丑闻做出什么反应。她可不想老公鄙视自己的老爸。她也不能给闺密打电话，因为有时差，这边是下午那边就半夜了，大家都忙还要上班。这些她都知道。朱迪拿手背抹掉眼泪。也许玛格丽特才是她最佳的倾诉对象，她是个外人，一辈子也不会遇见老爸。家丑不可外扬，然而玛格丽特不仅是个外人，还是外国人。她一下子笑出声来，仿佛被自己的笑话逗乐了。

突然传来的笑声让玛格丽特哆嗦了一下，怀疑自己听错了，这笑声让她想起了另一个人。

“朱迪你在家吗？你哪里都别去……”

没过多久就传来了敲门声，朱迪先从地板上爬起来坐回到沙发上，然后才晃晃悠悠地去开门。接下来的半个小时里，玛格丽特耐心地坐在她身边，听了好几遍才大致明白发生了什么，朱迪不仅说话颠三倒四而且一哭起来就说中文，她重复最多的一句话是“我该怎么办？”玛格丽特揽住她的肩膀轻轻拍着，什么也没说，此刻自己坐在这里比给出任何建议都重要。朱迪和她父亲一定很亲近，所以才会这样挣扎。她不是在为那个自杀的女人哭泣，而是在哭她自己，似乎她才是这场自杀事件的牺牲品。玛格丽特不禁想起了自己的父亲，他的面目已经模糊了，只剩下坐在壁炉前不断咳嗽的背影。她叹了一口气，那是父亲最后的日子，正常情况下他是在酒吧度过每个晚上。玛格丽特发现纸巾盒子空了，便进浴室里拿了一条毛巾出来递给朱迪。

“都忘了吧。让我们公平一点，你是现在才记起来这件事，你父亲可是一直都记得的……记忆可以是一个沉重的负担，你还年轻体会不到。忘了吧，你只有忘记过去，生活才能往前走……”

玛格丽特说得很慢很轻，但朱迪听清了每个字，既意外又觉得这些正是自己想听的。她望着那双矢车菊一般的蓝眼睛，头一次感受到安静的力量。

24 探长来搅局

朱迪醒过来已经是下午两点多了，只觉得肚子瘪得凹进去，太阳穴一跳一跳地疼。她挣扎着下了床，一出卧室就看见满地的手纸屑，一定是昨天夜里没关严洗手间的门让小狗得了逞。她踩着脚往楼下走，肇事狗早已钻出狗洞，逃到花园里藏了起来。朱迪一屁股跌进沙发里，从咖啡桌上抄起了手机。两个语音留言：老公询问她是否安好；玛格丽特邀她共进下午茶，今天教她做大黄酥碎。她愣了一下，脑子里闪过一些昨晚的画面，但是桌上没有空酒瓶，用过的纸巾也都被清理了。朱迪心头一热，忽然间有了洗漱的动力。

一个小时后，玛格丽特带朱迪进了花园。她在一丛绿油油的植物前蹲下身去，一手拨开了肥大的绿叶，指着下面粉嘟嘟的粗茎给对方看。

“这就是英国的大黄嘛，挺好看的，跟中国的大黄长得不一样啊。”

“只有茎能吃，这些叶子是有毒的，千万记住了……”她瞥了朱迪一眼又说，“你还是不要自己种了，超市里卖的都不带叶子，比较安全。”

回到厨房里，玛格丽特把大黄茎切成一英寸长的小段，随后在平底锅里撒了一层糖，放进切好的大黄一起在电炉上加热。

她突然想起了什么，从冰箱里取出一只橙子切成两半，拿到锅上一攥，汁水就滋在了大黄上。朱迪也帮不上什么忙，只有跟着看。

玛格丽特的厨房大得像一间客厅，淡淡的绿色和米色主宰着整个空间，完全是家政女神奈洁拉·劳森的风格，连搁板上的炊具都显得很轻盈；银色的料理台上有一大束鲜花，白玫瑰和不知名的绿色小花搭配在一起，对面墙上一台小型平板电视正在播放滚动新闻，音量开得很低。空气中只有花香，闻不出一丝的油烟气。

“太干净了，简直不像是做饭的地方。”朱迪环顾四周忍不住说道。其实她还想说，玛格丽特也太苗条了，完全不像一个喜欢做甜品的人。

“我平时只做点简单的，克利夫去世后还没有在这里招待过客人。”说着她给朱迪派了点活，把切成小块的黄油和面粉往一块揉。

空气中开始有了食物的香甜，没有人提昨天的事，更没人提起康妮。朱迪感觉滑溜溜的黄油和面粉在自己的指尖打着滚，没什么比这种简单劳作更让人放松的了。准备好的大黄酥碎最终被送进了烤箱，半个小时后一个美味的甜品即将诞生，连这一份期待也是美丽的。玛格丽特给朱迪倒了一杯柠檬水，调高了电视的音量。新闻正在播报“罗西·特纳案件”的庭审最新进展。朱迪立刻竖起耳朵，这是她近来一直在追的一个案子。

罗西·特纳是一位成功的童书作家，四十七岁，清秀窈窕，她丈夫在两年前的一场意外中丧生。为了走出悲痛，罗西经常访问一个专门为未亡人寄托哀思的网站，并在上面结识了五十多岁的鳏夫斯科特，不久二人便坠入了爱河。订婚后，罗西购置了一栋豪宅作为爱巢，同时更改遗嘱将斯科特立为自己五百万英镑资产的唯一继承人。事情发展并不像她的自传体小说中所写的，女主角从此过上了幸福快乐的生活。原本精力充沛的她开始变得萎靡不振，嗜睡。三个月后的一天，罗西失踪了，斯科特报了警。警方展开大规模搜寻，邻居们也志愿加入，但都没有结果。十天前，警方从二人新家的化粪池中发现了罗西的尸体。尸检证明她死前及数月内均被人下了安眠药。斯科特被逮捕后并未放弃，几乎每天都有新的谎言为自己开脱。

朱迪翻过这位女作家的博客，文笔优美又幽默；让她想不通的是，以罗西这般聪慧居然会这么好骗。新闻里说死者曾不止一次向亲友抱怨过自己睡不醒的状态，却从未怀疑过身边人，其实去诊所做一个简单的验血就能真相大白了。

“她太信任他了，唉……恋爱中的女人都是盲目的。”朱迪感慨着。

玛格丽特却摇了摇头：“是她太相信自己的眼光了，相信自己了解对方，相信自己不会看错人。人们最后怀疑的才会是自己的判断力。”说完她俯身去检查烤箱，铺在大黄上面的那层燕麦酥碎刚开始泛出金黄。她直起腰来继续说道：“尤其是那些受过良好教育的、聪明的、成功的女性。”

朱迪眨巴眨巴眼睛，想不到一向温婉的玛格丽特会说出这么犀利的话，才几天的工夫她好像又瘦了，是不是夜里也做噩梦？烤箱里飘出的香味冲散朱迪的忧虑，她深深地吸进一大口，消化酶开始分泌。为了让等待不那么难熬，朱迪继续八卦着案情。

“你看啊，她四十七，他五十四。罗西虽然算不上美女，但是苗条气质好。斯科特呢，不仅有个肚腩，还没剩多少头发……”

“所以呢？”

“唔……既然她乐意跟他分享财富，那为什么还要杀了她一人独占呢？好像……没有必要冒这个风险吧。”

“是呀。”玛格丽特沉默了一会儿说，“我猜……也许他厌倦了，懒得再演戏了。虽然她很慷慨，愿意跟他分享一切，然而他并不爱她。为了继续享受她提供的豪华生活，他就必须每天都表现出爱她。他已经五十多岁了，可能认为自己没有多少时间可以浪费在她身上，想要一劳永逸，尽快开始新生活吧。”

“他太自私了，可惜英国取消了死刑。”话一出口，朱迪立刻由绞刑想到了吊死的康妮，赶紧闭上了嘴。

“女人一旦恋爱起来，她所看到的一切都是她希望看见的。”玛格丽特没看对方的表情，只顾说自己的，“太着急沉浸到爱河里，让河水没过头顶，这样就可以完全不去听，不用想其他的可能性了。如果我当初不是那么急于跳河，也许就不会嫁给克利夫了。”

“真的？”朱迪睁大眼睛，想象着年轻冲动的玛格丽特会是什么样子。“那……你后悔过吗？”

“当然了。无论你跟谁结婚，都会有后悔的一天。你说呢？”

“没错，每次轮到我刷碗都后悔。”朱迪的话音未落，两个人全笑了。

厨房里的香气更浓了，烤箱里的酥碎层一片金黄，沿着烤盘的边缘有一圈滋滋叫响的气泡。玛格丽特一边戴上厚厚的棉手套一边说：“其实婚姻有点像这大黄，叶子有毒但茎好吃，只不过顺序正好反过来，是开头酸酸甜甜的，越往后……”

朱迪刚要接过话茬，忽然听见门铃响了。玛格丽特小心地把玻璃钢烤盘放到料理台上，一层金黄下面是粉红色半融化的果肉。她摘下手套来往门口走，还不忘回头叮嘱一句：“非常烫，不要碰啊。”好像朱迪是一个管不住嘴的小孩。

半分钟后，玛格丽特一路笑着回到厨房里，丹尼尔跟在她身后，手里捧着的不是一束鲜花而是一捆粉嫩的大黄茎。朱迪一见也笑了。丹尼尔看见了台子上的烤盘，方才明白她们俩笑什么，说道：“你们必须承认，我把时间计算得刚刚好。”

玛格丽特开始往盘子里盛甜品，她问朱迪：“蛋奶沙司，还是香草冰激凌？”

朱迪犹豫了一下才选冰激凌，其实她两个都喜欢。三个人围坐在餐桌前有说有笑，玛格丽特沏了一壶浓浓的大吉岭茶，原来这茶是丹尼尔的最爱。朱迪则盯着眼前洁白的餐盘，小巧的银叉，艳粉与金黄上顶着一个雪球。她忍住了没拍照，专心致志地吃起来，感受一冷一热在舌尖上结合。丹尼尔今天忽然变成了好脾气的老头儿，对她格外地友善，也许是为了讨玛格丽特的欢心吧。就在她考虑有没有可能再来一份的时候，门铃又响了。

艾伦探长和马丁警佐被让进了厨房里，坐在桌边的两个人一怔，几乎同时站起身来。

“我们正在喝下午茶，你们要不要一起……咖啡，还是茶？”玛格丽特微笑着招呼他们。

艾伦探长刚想礼貌地拒绝，马丁却开口了：“哦……咖啡，谢谢。”说完他避开了探长的目光，看着女主人把一粒胶囊装进锃亮的咖啡机里，很快空气中又多了一份咖啡的香气。

探长的第一个问题是给在座的两位女士：“那天在老谷仓里，你们是否看到了一支录音笔？”

两个人同时摇了摇头。玛格丽特解释道：“她的录音笔早被砸坏了。几个月前康妮在酒吧偷录人家谈话，被发现了，那个女孩差点打了她，男的当场就把录音笔踩碎了，还骂了很多难听的话……当时我和她在一起。”

“在那之后，有人送给康妮一支新的录音笔，你见过吗？”

“没有，她从没跟我提起过……可能因为送录音笔的人是……”她停住没往下说。

丹尼尔忍不住了：“你就不用替他们瞒着了，其实每个人都知道。”

玛格丽特嗔怪地看了他一点，转向了探长说：“我猜她不想让我知道。杰弗瑞是个好老师，可是他有妻子。我曾经劝过康妮，但她听不进去。”

“这一支可能也被砸了吧。”丹尼尔插嘴道，“录音笔是用来记录自己的想法，不是去偷听别人隐私的……对不起，我打断了，你们继续。”

“所以，你从来也没有见过那支录音笔？”

“没有。”玛格丽特望着探长，奇怪他为何对一支录音笔这么感兴趣。

“我……我见过。”坐在一旁的朱迪突然开口了，所有人齐齐转头望着她。

朱迪在背包里摸索了好一会儿，才找出一支银色的录音笔递给探长，“跟我这个一模一样。我当时想买一个录音笔，康妮给我推荐了她的，只有黑色和银色两种，所以我就买了和康妮一个颜色的。”

录音笔躺在探长的手心里，一握拳就全被遮住了，确实方便偷录。他把录音笔还给朱迪，对方转手将它递给了玛格丽特，继续啰唆着:“为了跟她的区分开，我的录音笔上有 emoji 水晶贴。唔……找不着了……大概让我蹭掉了……”

“谢谢，对你没有更多的问题了。”

朱迪这才听懂探长的意思，她回头朝玛格丽特看了一眼，似乎在征求她的许可。

“那我……回家了，谢谢你的下午茶。”朱迪磨磨蹭蹭地拿起书包往外走，心想着探长还有什么问题呢，为什么不许自己留下来听听？她拿眼角去瞄丹尼尔，只见他阴沉着脸，双肘撑在桌面上，如同一只凶猛的斗牛犬守护着它的主人，丝毫没有要回避的意思。

25 为什么赞助滥小说

“我们是不是在刻意寻找谋杀的证据？”

马丁端起咖啡杯，脑海中闪过了上午和探长的一番对话。他们当时在前往园艺中心的路上，马丁没忍住问出了口。他不想质疑探长的判断，只是忙碌了这几天却看不到意义何在。是把老谷仓翻了个遍也没找见大作家杰弗瑞提到的那支录音笔，这似乎加重了探长的疑虑；他从印刷厂拿到了康妮小说的电子文档，看过之后又让马丁读。也许艾伦探长把这当成是对自己的一种训练，马丁却从中看不出任何线索；他本来就不爱读书，好的小说都拍成电影了，何必一页一页地浪费时间。康妮的书是一部蹩脚的艳情小说，女主人公喋喋不休的意识流贯穿了大多数章节，难怪没有出版社愿意要。只有谋杀亲夫的那一章里句子变短了些，女主角把丈夫的药物变成了安慰剂，让他死于漏服。除了这一个情节设计得有点巧妙外，其余的都是吧啦吧啦的废话。最后女主角终于从多年的性压抑中解放出来，开始了新生活。马丁真想象不出艾伦探长是怎么读完的，反正自己没看出小说的原型是谁。

“准确地说，我们在寻找不是谋杀的证据。”探长看出了马丁的困惑，接着解释道，“你回想一下，当时赶到现场的第一印象是什么？一栋空屋，一起自拍事故。当然，把绞索套在脖子上自拍，好像太戏剧化了，既愚蠢又危险，但几乎所有自拍事故都是愚蠢又危险的。那么……调查的关键点在哪儿？”

马丁张了张嘴，却答不上来。

“空屋。”

“空屋？你是说……当时老谷仓可能还有别人？”马丁叫起来。

“有这种可能。如今还有人把备用钥匙藏在花盆下，除了杰弗瑞和玛格丽特这两位常客，恐怕别人也不难发现。”

等马丁消化了几秒钟后，探长继续说道：“如果我们的大作家说的是真话，那么康妮的录音笔去哪儿了？是不是被人拿走了？为什么要拿走？又是在什么时候拿走的？如果杰弗瑞说的不是实情，那他想掩盖什么？”

在通往园艺中心的路上他们经过一排巨幅海报：迷你园艺展——创造你的绿色小宇宙，后面的一组照片是呈现各国风情的微缩花园。在路口矗立着一块倒计时牌，今天是展览的最后一天，清仓甩卖。看来他们来得不是时候，绕着停车场转了一圈还没找到车位，探长只好先下车让马丁继续。一条临时长廊搭建在园艺大厅外的空场上，白色的顶棚被风吹得鼓鼓的，像即将升空的热气球。探长放慢了脚步，他在玛格丽特的录音留言里也听到了风声，但只有风声，没有音乐。

展览区里是一个微观世界，从日式禅宗到法式花园，热带雨林到仙境主题，展品的尺寸不大却有着意想不到的丰富细节。他在一只玻璃樽前停了下来，里面盛着一座险峻的山崖，一挂瀑布飞流直下，水幕后面藏着一户精灵人家的小木门。

“这是最后一个了，今天买打七折。那边有更多的配件选择，城堡、吊桥、独角兽……孩子们可以搭建自己的精灵世界。”

艾伦探长扭头看见身边多出一个女孩，她脸上仍带着婴儿肥，淡蓝色的短发跟员工的蓝围裙倒是很相配。探长想知道她凭什么断定自己是一名父亲，是腰围，发际线，还是他对着小精灵露出了慈父般的微笑。

马丁气喘吁吁地跑过来，指着女孩介绍说：“探长，这是黛比，那个周五她当班。”

蓝头发的女孩瞥了一眼马丁手机上的照片便说：“是玛格丽特，她经常来……非常可爱的女士。”她重新打量着面前这两个人，“你们想问什么？她有麻烦了吗？”

“只是走程序，核实证词。”探长轻快地说，“不巧的是，这位可爱的女士发现了尸体……”

“哦……是报纸上那个老谷仓吗？可怜的玛格丽特……我希望她没事。”她皱起眉头。

“所以……8月15日星期五下午，你在这里遇见了玛格丽特。还记得时间吗？”

“大概四点多。”

“她在四点多到达了园艺中心。”

“不是，她早就到了。”

“你怎么知道她早到了，是监控录像……”

女孩有点不耐烦地一甩头说：“走大厅正门才会经过监控镜头。这个展览从两周前就开始了，展品都摆在长廊里。大多数人来了就直奔这里，不走正门。”她朝探长一点头说，“我看见你也是从这儿进来的。”说着，女孩将他们带到了一座阶梯展架前，“我看到玛格丽特的时候，她就蹲在这里研究禅宗花园，因为蹲太久了，往起站的时候小腿抽筋了，我搬了个凳子让她坐下，还帮她按摩了一会儿，毕竟……她不是年轻人了。”

“是这样……”探长点着头。

“你看，我必须回去干活了。”不等探长开口女孩就自问自答起来，“你们是不是还想知道她买了什么？是这个。”她从展架上端起一个白色瓷盆，里面是一半黑一半白的沙粒，上面摆着黑白两色的鹅卵石，几朵绿色植物和一尊佛像，“这是阴，这是阳，太极……她还买了除虫剂，宠物安全的。”

“你怎么记得这么清楚？”马丁忍不住说。

“玛格丽特给我看了小狗的照片，就像一只玩具熊。”

马丁感觉到女孩的态度中带有一丝挑衅，似乎他们这样质疑一位可爱的老太太是一件不道德的事。这会儿他三口两口就吃完了玛格丽特做的大黄酥碎，不禁感觉有些惭愧。艾伦探长曾试图拒绝女主人的热情款待，但后者的态度既温和又不容抗拒。

“哦，你们必须吃。全怪丹尼尔，明明知道我花园里种了大黄还又送来一大捆，我的冰箱里都没地方了。”

马丁朝丹尼尔瞟了一眼，对方脸上的皱纹都舒展开了，看来他喜欢她，留在这里是为了保护她。艾伦探长放下了甜品叉，他的问题已经准备好了。

“康妮小说的出版费用，是你为她支付的？”

“是的，六千四百镑。她会从明年开始每个月还给我一些。”

玛格丽特沉吟了一下又补充道，“她目前手头比较紧，一下子拿不出这笔钱来。”

“你读过这部小说吗？”

“我只看了开头几章，老实说……不太符合我阅读的类型。”她的双颊微微泛红。马丁看在眼里，这种重口味的情色小说显然不是老派淑女的读物。

“我读了康妮的小说，老实讲，也不是我的阅读类型。”探长苦笑着说，“但是有一个章节关于女主角偷换丈夫的胶囊，导致他死于漏服药物……”

“噢，这个，她在课堂上读过这章。”丹尼尔插嘴道。

“我听说……康妮有一个习惯，就是把身边的人写进她的小说里。关于这个故事，她的灵感来自哪儿？有没有和你讨论过？”

玛格丽特突然闭上了眼睛，胸脯一起一伏的，半晌她才睁开了眼睛说道：“所以，她根本没有改写这一章？”

“你说的改写是指……”探长困惑的表情一点都不令人信服，至少马丁是这么认为的。

“康妮跟我保证过，在出版之前会重写这一章。”

“为什么要重写？”

“因为……”玛格丽特的声音哽咽起来，“因为……她不能……不能这样对我……和克利夫。”

“你们……不能这样对她。”丹尼尔瞪了他们一眼，他抓起玛格丽特的一只手，放在自己的掌心里揉搓着，仿佛在给她取暖。

尽管声音有些颤抖，玛格丽特还是挺直了脊背，抹净泪水，开始讲述她和克利夫的故事。克利夫去世的前一天是他六十岁生日，两个女儿全家都来参加生日派对。玛格丽特亲手做了一只帆船造型的生日蛋糕。当天早晨她发现蛋糕上的桅杆断了，想修复却来不及，只好去商店另买了一只蛋糕。整个早上她的心思全在蛋糕上，忘了提醒克利夫吃药。随着女儿女婿和孙辈的到来，她和克利夫既兴奋又忙碌，谁都想不起吃药的事。到了晚上睡觉的时候，克利夫的心梗发作了，这一次没能抢救过来。和康妮说起此事，是因为玛格丽特一直深感内疚，是她的责任提醒克利夫吃药，然而她忘记了。康妮从这件事中受到启发，当即做起了写作课上的 what if 练习。她说，如果不是忘记提醒，而是有意让他漏服呢？如果根本不是漏服，而是被设计成漏服呢？玛格丽特当时很不高兴，康妮却笑了，说这不过是情节设计，她只是拿漏服这个点来演绎一下，来讲述她自己的故事。漏服是一个戏剧化元素，演绎出的故事则是康妮的创造，和玛格丽特的故事没有关系。

厨房里很安静，只有玛格丽特低低的啜泣声。

“我真的不想再提这件事，不光为了自己，也是为了两个女儿。如果她们知道是因为生日派对才忘了吃药，她们会受不了的……”

“既然你不喜欢她的故事，为什么还要资助康妮出版？”探长的声音很温和。

“我……欠康妮一个人情。”玛格丽特苦笑了一下，解释道，“当你和一个人生活了三十多年，突然要学会一个人生活是很困难的。克利夫去世以后，很长一段时间我都失眠，总在想如果没有忘记提醒他吃药会怎样……想得太多了，有时候真想把安眠药都吃了，一睡不醒就解脱了……康妮花了好多时间陪着我，帮我度过了那段日子。”

送探长和马丁到门口的时候，玛格丽特问道：“我什么时候可以安排康妮的葬礼？”

“这个嘛……恐怕没有葬礼。我们联系到了康妮的姨妈，按她的意思尸体火化，骨灰由她女儿带走……不会有葬礼了。”

“怎么是……是这样。”玛格丽特一脸震惊，半天缓不过神来。

“反正康妮从来都不信上帝。”丹尼尔试图安慰她，只是语气依然很硬。

玛格丽特白了他一眼，并没有反驳。

26 闻出了邪恶味

像彼得堡这样一座平静且无聊的小城是绝少有机会登上BBC新闻头条的。然而在去年，连环女杀手乔安娜·丹尼希却以自己的方式大大提升了故乡的知名度，同时成功地打入了英国历史上最臭名昭著女杀手的前三名。三十一岁的乔安娜通过短信约会一名波兰男子，将其在家中刺死；她把尸体扔进了垃圾箱里，随后发短信给朋友："生活真美。"十天后，她砍死了五十六岁的室友约翰；随后又把房东凯文约来干掉，还给尸体套上一件裙装丢进了路边的水渠里。

九月的一个早晨，马丁一手端着咖啡往座位上走，一边在手机上阅读老贝利法庭的审判结果。他参加了去年的围捕行动，当时的感觉真是糟透了。尸体被发现后，乔安娜和一个同伙在逃。他们并不急于远走高飞，而是在剑桥郡各村镇间流窜，沿途寻找下一个攻击目标。乔安娜扬言要超过著名的"邦尼和克莱德"，这对雌雄大盗曾射杀了九名警员。在那黑暗的一周里，马丁每天都接到同样的电话："你们要抓的人刚从这条街上开车经过。"一时间，全国媒体都在盯着剑桥郡警方的效率。在接连砍伤了两名遛狗的男子之后，乔安娜终于落网了。看见艾伦探长走进办公室，马丁便大声读了起来："乔安娜成为有史以来第一个被当庭告知将死于狱中的女性。斯宾塞法官称她为'邪恶的、冷酷的、自私的、狡诈的、控制欲极强的，毫无……'"

"邪恶的……"探长沉吟了一会儿说，"那天一踏进老谷仓，我就闻出了邪恶的气味。"

"邪恶的气味？就像嗅出煤气泄漏一样嗅出邪恶！"马丁笑道，"安妮姨妈老这么说，她是老阿加莎的超级粉丝。"

探长没说什么，马丁跟着自己快一年了，很少听他提起自己的家人，为数不多的几次也都是这位安妮姨妈。探长没有刻意问过，等马丁想谈的时候自然会说的。

"你不觉得这两个女人，康妮和乔安娜在某一点上很相似吗？"探长问道。

马丁放下手机想了想说："你是说，她们都特别想出名？"

"康妮想当著名作家，破产了还跟朋友借钱来自费出版，不惜往自己脖子上套绞索来吸引关注。乔安娜则一无所有，无才无貌，更没有道德良知，她只有靠凶狠来出名，梦想着好莱坞有一天把她的罪行拍成电影……"

马丁桌上的电话响了，是法医技术专家汤姆请他们过去。

技术部在三楼。汤姆的办公桌前没有椅子，他就坐在健身球上操作电脑；一头姜黄色头发加上圆滚滚的身材，让他看上去像一只胖橘猫，只不过这次玩的球大了些。汤姆朝他们扬了一下双下巴，算是打招呼。

"应你们的要求，我用现场勘查的数据做了一个动画来演示椅子的运动轨迹。"说着他点了一下播放键，屏幕上火柴人开始自拍，它的右手举着手机，左脚向外挪动了一下，踩住了凳子的边缘。高脚凳瞬间歪倒，向着斜后方滑动了一小段距离便停住了。汤姆按下暂停，指着画面中标注出的那段距离说：“我们做了几次实验，计算出的平均值和现场勘测到的很接近。”

“如果是有人站在受害人面前踹倒凳子呢？”

“哈，我就知道你会问这个，所以……”汤姆又按下了播放键。这次画面中多了一个火柴人，它抬起右腿去踢凳子，凳子滑出去的距离几乎是刚才的两倍多。

“看到差距了？”汤姆明知故问。

“嗯……”探长沉吟了一下又问，“如果踢倒凳子的人不是年轻力壮，而是一位瘦小的、上年纪的女士，是不是凳子就不会滑出这么远？就会和前一个距离接近？”

“如果……”汤姆模仿着探长的口气说，“你能告诉我这位女士的体重，也许我能计算出滑动的距离。”

马丁连忙揉揉鼻子，挡住了嘴角的笑意。

“有没有这种可能？”探长追问道。

“当然有，但前提是踢凳子的时候用力很轻。”汤姆索性从健身球上站起身，一手谨慎地扶着桌子，抬起一条腿来做着演示，“就是说这一脚不是快蹬出去的，而是慢推出去的，而这样的踢法在这个案子里是行不通的。”

“为什么？”马丁忍不住插嘴。

“在伪装上吊自杀的案子里通常有两种情况：一种是受害人被强行套上绞索，那就会在尸体上留下瘀痕，搏斗的痕迹；二是在死前已经处于昏迷状态，因为药物酒精等。尸检报告的结果你们也看了，两种情况都不符合，她体内的酒精浓度离醉酒还远呢，她当时意识清醒且有足够的反抗能力。假定有这么一名凶手站在凳子前，一边仰头和受害人说话，一边抬脚去踹凳子，就不可能不用力，因为只有一次机会，否则凳子还没倒，受害人就会反应过来，立刻摘掉脖子上的绞索，甚至还击……”

探长和马丁谁都不出声，各自垂着头想心事。汤姆有点恼了，眯起了眼睛活像一只愤怒的胖橘。

“那好，让我们换个角度看。如果凳子确实是被人踹倒的，为什么在凳子原本站立的地方没发现任何被踹掉的漆皮、铁锈，然而在它触地的位置上却发现了一些。”

“也许……凶手把踢掉的碎屑捡起来了。”马丁说完就后悔了。

“哈！开玩笑。你知道那个地方有多脏吗？”他用手一指吊在屏幕中的火柴人说，“她至少有三个月没清扫过地板了，到处都是她的头发、烟灰、食物残渣……这些东西是均匀分布的，好像是一种图案。以现场的光线条件，凶手几乎不可能只把踢掉的凳子碎屑清理干净，而不改变其他垃圾的状态。”汤姆一口气讲完了，停下来喘着粗气。

艾伦探长笑着谢过他，说这正是自己想知道的。

“你们是不是……太刻意寻找谋杀证据了？”看他们要走，汤姆终于把憋了半天的话说出来：“这不是我经手的第一起自拍死亡了。”

探长只一点头便出去了，跟在后面的马丁则回头使劲地眨了眨眼睛，他很高兴自己的判断得到了证实。

走廊里，两个人一前一后地走着。探长忽然停下来对马丁说：“去核实一下杰弗瑞的证词，那天下午是否有邻居看到他或他妻子外出过。”

“还……要……查。”马丁的舌头有些打结。

“你不觉得他向我们隐瞒了好多东西？问题是，他隐瞒的事情是否与康妮的死有关。”

“是呀……是否与她的死有关？”马丁嘴上重复着，心里却在嘀咕：唯一与康妮之死有关的是她的手机。

“这正是我们需要弄清楚的。”探长说着迈开大步往前走，马丁赶紧跟上。“还有……”探长继续说，“朱迪没有理由撒谎，所以康妮确实有一支录音笔，现在它在哪儿？作家杰弗瑞主动提供这条线索，是因为他知道些什么，还是他想转移我们的注意力？”

“嗯，嗯。”马丁一个劲地点头，除此之外也没别的办法。

每到周末，John Lewis 商场咖啡厅的座位总是很紧张。希金斯教授在原地站了好一会儿还是没有发现目标。学校都开学了怎么还有这么多孩子。他扭头去看正在排队付款的妻子，她端着托盘一步步挪动得挺快，再找不到桌子又要听她埋怨了。远处一对老夫妇正在慢慢地站起身，希金斯立刻撩开大步，利用长腿的优势赶到了竞争者的前面，他一屁股坐进椅子里，向小心翼翼端着托盘张望的妻子挥了挥手，充满了胜利的喜悦。手机响了，他接了起来。

“是 oward iggins？”

“什么？”

“是 oward iggins？”对方又重复了一遍，声音沙哑得像在摩擦铁锈。

“我是霍华德·希金斯（Howard Higgins）。”

“对，就是你。我知道你的秘密，准备五千镑，否则告诉你妻子。”电话挂断了。

希金斯一怔，再查通话记录，来电号码被对方隐藏了。如果是在三个月之前，希金斯肯定会笑出声来，让敲诈者见鬼去，他根本没有值得付钱的秘密。然而眼下不同了，霍莉，他的学生，一位年轻性感、极度缺乏安全感的单身母亲。五千英镑，否则告诉你妻子。这会不会与霍莉有关，毕竟是她主动的。希金斯教授在剑桥教书，不是三一学院而是剑桥公开大学，学生都是在职的成年人；师生们差不多一个月见上一次，其余的时间在线函授，只不过他跟霍莉当面授课的机会比较多。他琢磨着刚才电话中的声音，所有的 H 都被吞掉了，听着像考克尼口音，也可能是对方为了掩盖身份故意模仿的。这个敲诈者到底是谁呢？是别的学生，还是霍莉跟什么人泄露了秘密？

“你的海绵蛋糕，还有摩卡咖啡。”希金斯太太将沉甸甸的托盘放到桌子上，抬头看了丈夫一眼，对方面无表情地瞪着眼前的蛋糕。

“怎么了？你不是喜欢海绵蛋糕吗？这个还是草莓酱的。”和丈夫相反，希金斯太太是意志坚定的小个子，只不过从年轻时的小巧圆润发展成今天的圆形。

“要不你吃我的？”她建议道。

“是什么？”

“牛油果三明治。”

“呃……”希金斯夸张地一撇嘴，想借机调整一下面部表情。

“刚才是谁来的电话？”

“打错了号码。”

“嗯……”希金斯太太飞快地拆开三明治的包装，自言自语道：“最近打错号码的好像不少嘛……”

教授赶紧把咖啡举到了嘴边。一旦被太太发现，代价就不止五千英镑了。尽管摩卡有些烫嘴，他还是咽了下去。

27 一个作家的愤怒

一靠近剑桥，不仅路上的车辆明显增多了，车缝间钻来钻去的自行车也多了。快到教堂路的时候，杰弗瑞在一个路口停下来等红灯。他回想着和出版代理人的谈话，也许是天气的缘故，对方在电话那头传递出前所未有的温度。

“……是的，反馈相当积极……是的，他们看好这本书……出版是毫无疑问的……我个人以为这是你写得最好的一本，是一个突破……有一个好消息……是的，必须当面告诉你……”

昨天晚上，杰弗瑞忍不住和妻子分享了这个“好消息”，二人随即对好消息的内容展开了一番推测：难道说不止一家出版社看好这部作品，会出现竞标的局面？或者，他们希望通过当面提交新书的宣传计划来争取出版权？

红灯还没有变。一个骑车人插进了汽车与马路牙子的空隙里，他没打算下车，而是将一只脚蹬在杰弗瑞汽车的保险杠上来保持平衡。

“浑蛋！”杰弗瑞怒吼着，一拳捶在了喇叭上。

骑车人的身子一抖，险些跌下坐骑，他没有挪开那只脚，而是转过头来用口形和中指表达了他的态度。直到变成绿灯后，他才不情愿地收回中指，慢悠悠地蹬起自行车。杰弗瑞目送着他的背影，踩在刹车上的右脚开始发痒，真想一脚油门把这个臭小子撞飞了，看他没戴头盔的脑袋在马路中央摔开花。等他真往下踩的时候，车子熄火了，后面传来喇叭声。十几分钟后，他终于到达了代理人办公室的楼下，出门时的好心情早已荡然无存。

写字楼位于剑桥镇的外围，对面是一座小巧的基督教堂。和镇上大多数建筑不同，这座三层高的写字楼省去了外观上的一切装饰，朴素得就像一只鞋盒子。杰弗瑞刚在楼前把车停下，就见盒子里面涌出一群脖子上挂着门卡的年轻男女。他们在门外聚成一圈，只有一名亚裔男子掏出香烟来直接点燃，其他人都忙着用烟丝自己卷。杰弗瑞下了车，隔着老远就听见他们风味各异的口音，想必是那家翻译公司的。

"根本记不起来了……昨天都跟谁跳过舞，又亲过谁了……"

杰弗瑞只能看见说话人的背影，一头乱蓬蓬的黑发，短裙紧包着臀部，露出两条瘦骨嶙峋的光腿。他不禁想起了康妮。

人群发出嗤嗤的笑声。女子侧过脸去喷出一柱烟，接着说道："说真的，我必须减少酒精摄入……没钱爬酒吧了……喝醉了就变成一个……荡妇。"人群又爆发出一阵笑声。

"我保证你不是！你没亲过我，所以你肯定不是……或者……你亲过但我忘了……哈哈……"

一个男子笑弯了腰连连往后退，差点撞到了从旁边经过的杰弗瑞。后者皱着眉头闪开了。不知道这些家伙翻译什么？产品手册，还是软件应用教程？肯定不是翻译小说。他们看上去太年轻太自负太吵，一名出色的译者必须同时是一名作者。杰弗瑞向电梯走去，他记起看过一篇报道，预测在不久的将来机器翻译会取代人工翻译的位置。他的嘴角浮现一丝笑意，那么，只有祝他们好运了。

“蒂娜·巴克利出版经纪公司”位于三楼走廊尽头。公司的面积不大，被玻璃墙分隔成里外两间。坐在外间的助理艾米抬头看见是杰弗瑞，立刻绽放出笑容，用笔尖往里一指：“她在等你。”杰弗瑞对她报以微笑。艾米总是很高兴见到他，这个中国女孩在这里工作两年了；蒂娜喜欢用留学生，合同是一年一签的，没有合同就没有工作签证，这样的管理方式能有效减少他们跳槽的概率。

杰弗瑞有时候会想象艾米摘掉眼镜的样子，虽然她的身材迟迟没有发育起来，却有一头丝绸般黑亮的长发。他曾经感到奇怪，以她同声传译的硕士学位为什么会愿意给蒂娜打杂。只一杯咖啡的工夫，他便拿到了答案：在一次大会上，艾米为某专家做同声传译，结果中途被换了下来。这一次打击太重，以至她不敢再碰。

“是他口齿不清……真的……他一直在小声嘟囔……”

“谁都会遇见的……”杰弗瑞放下了咖啡，揽住这位小崇拜者的肩头安慰道，“人生就是……没有人能幸免。”现在极少有人淘了他的二手书还请他签名，应该对她好一点。

杰弗瑞走进办公室的时候，蒂娜正俯身在一沓稿纸上，她从眼镜上方朝他眨眨眼睛，做了个起身迎接的姿态，即臀部在椅子上颠了一下。克莱尔曾经说过，如果蒂娜永远不从办公桌后面站起来，也许你会爱上她。

蒂娜与杰弗瑞年纪相仿，岁月在不断扩张她的梨形，却没在她的脸上刻下多少痕迹，她的肌肤依然像用了滤镜一般的光洁。蒂娜摘掉了眼镜，她的面颊上永远有两团玫瑰色的红晕，尤其当她微笑的时候；然而一旦这微笑消失了，你的心也会往下一沉。

“杰弗瑞！你必须告诉我发生了什么事……是什么让你的风格起了这么大变化，从语言到节奏都变了……我简直不敢相信等等！难道说你这次真的爱上谁了？是不是？OK，你不会说实话的……从来没见你写过这么阴暗的内心世界，但很优美，就像是……毒液的芬芳……这是一次真正的突破！”

蒂娜终于从办公桌后面站起来，小心翼翼地绕开一堆堆的稿纸，走到跟前拥抱了杰弗瑞，还在他面颊上狠狠地亲了两下。蒂娜的拥抱总是给人一种安全感；在合作之初，她曾对杰弗瑞承诺，自己会向玛丽·波平斯照顾班克斯家的孩子那样，尽心竭力地照顾他的文学事业。他还记得自己当时很受感动；后来发现，成年人相信童话是要付出代价的。

“你说有好消息……”杰弗瑞决定开门见山。

“V&A出版社同意首印两千五百册，还有……”

“才两千五百册?！”他叫了起来。

她摊开了一双胖手说道：“冷静点年轻人，这已经不少了，比你之前任何一部书的首印都多。J.K.罗琳的《布谷鸟的呼唤》首印才一千五百册……”

“那是因为她用了一个全新的笔名——罗伯特·加布里埃尔，

还为这个名字伪造了退伍军人的背景，根本没有人听说过这个罗伯特，所以……”

“你好像忘了出版社知道。他们对罗琳写的每个字都有信心，而且纸里包不住火，他们知道这个秘密早晚会泄露出去……也许你还不知道，有作家签名的首印版每本已经卖到一千多镑了。对了，他们对封面设计有一个非常棒的创意，等你看了设计一定会喜欢。”

杰弗瑞叹了口气，明知她在转移话题却又无计可施，只好问道：“你刚才说‘还有’……”

“啊……是的，都怪你打断我。他们会邀请三四位作家来写书评，现在还不能确定具体是谁，但保证是一线的推理作家。”

“就这些？这就是你说的好消息？”

“是的。这些消息不好吗？”

“不够好……应该说差得很远。”

“啊……”蒂娜这回没有说“是的”，她扬了扬眉毛，端起咖啡遮住了嘴。

“既然说到了推荐语，我倒是有个问题。”杰弗瑞压制着怒火，尽量让声音显得平稳，“这本书的上市推广有多少预算？”

在他的注视下，蒂娜缓缓地放下了马克杯，两手又是一摊。

“不可能，还是……零预算？”杰弗瑞感觉如鲠在喉。

“是的。”

“那么……我还有一个问题。”杰弗瑞停顿了一下，理智的声音在他头脑中叫停，然而他的血在往上涌，瞬间吞没了理智。

“这些年来，你没有为我争取到过任何预算，从来没有广告宣传，没有杂志采访，甚至连本地的报纸都没上过……我的书一直躲在书店的角落里接尘土，要不就是靠我自己在写作俱乐部里推销……二十年来我不停地写，每个假期都用来写作，然而回报在哪儿？而你，居然还能心安理得地坐在这张办公桌后面！”

“你……怎么敢这样！”蒂娜的颜色变了，一双手用力拍在桌面上，震倒了一摞稿纸。“你以为我喜欢每天花上十二个小时坐在这张桌子后面？每天为你们这些作者绞尽脑汁，每天有打不完的电话……如果我能有多一点时间给自己，我就还能穿进去年夏天的衣裳……”

杰弗瑞只给出一声冷笑，又是“我为你付出一切，你必须感到内疚”的老套路，这一次他绝不会买账。两个人僵持着，办公室里只有彼此沉重的呼吸声。过了一会儿，蒂娜先开口了。

“出版社建议你换一个笔名。”

“理由是……”

蒂娜挤出一点微笑：“也许……一个新作家……比较容易推广。”

“真的吗？我还以为他们没有推广计划。”杰弗瑞故作惊讶。

蒂娜沉默了几秒钟，然后爆发了。

“是的，没有推广计划。是的，没有广告预算。杰弗瑞，二十年了，你应该早就明白这些。市场决定一切，投资要求回报。你的新书确实是一个突破，但这是对你的写作而言，不会成为市场上的突破……不，这不是我说的，是出版社评估的结果。

在他们看来，推广一个新作者，要比一个进入市场很久却一直未红的作家容易些，这是事实杰弗瑞，你现在这样刁难我没有任何意义……我尽全力照顾你的事业……”

“就像玛丽·波平斯照顾班克斯家的孩子。”

说完这句话，杰弗瑞双手一推沙发扶手想站起来就走，没料到被蒂娜的两只肉掌当胸一搡又跌回到沙发里。

“你……”

“简直就像一个被宠坏的小孩！”蒂娜的音量盖过了他的。

坐在外间的艾米早就停止了敲电脑，她的眉毛扬起，嘴半张着。薄薄的隔断挡住了她的视线，却听得一字不漏；随着争吵不断升级，她真为杰弗瑞捏一把汗。蒂娜的笑容虽然亲切，但她的意志是不可违背的。

“艾米！”里间传来一声吼。

“啊——”艾米从座位上弹起来，抓起笔和记事本就往里冲。她轻轻地敲了一下门，推开之后只飞快地瞥了一眼杰弗瑞，便把全部注意力给了老板。

“去给杰弗瑞买一杯咖啡，要 Double Espresso……”

“我知道。”说完了艾米直咬嘴唇。

蒂娜瞪了她一眼，厚重的胸脯继续一起一伏，突然叫道：“现在！”

艾米逃得像兔子一样快，仿佛不是去买咖啡，而是去为杰弗瑞找救命的解药。

28 她是唯一的同盟

“咖啡很烫。”

艾米把纸杯递到杰弗瑞手里，小声叮嘱着，同时拿眼角偷瞥一下老板。也不知道把自己支出去以后，蒂娜使了什么撒手锏，就这么一会儿工夫两个人都没事了，神色和平日没有两样。她麻利地退出去带上了门，也不知道自己是躲过了一劫呢，还是错过了好戏。

蒂娜桌上的座机响了，在她接电话的工夫，杰弗瑞捧起咖啡绕过沙发去看后面墙上的照片。他第一眼没有找到自己的照片，然后才意识到照片墙被重新布局过，正中间是一张新照片：一个矮胖的男人站在克莱尔和蒂娜中间，他一只手举着酒杯，另一只手则搂在克莱尔裸露的肩头。

“这是……”他转过脸来望着蒂娜。对方刚讲完电话，走过来站到他身边。

“啊，这个，就在前不久，在斯坦福德的一家画廊，我当时还奇怪你怎么没去？”蒂娜看似不经意地问道。

杰弗瑞没有理会她的问题，指着照片中的男人说：“这个人有些眼熟……”

“保罗・弗林。你不记得了？他的女性小说销量不错，有两本上了畅销榜。那天的派对上他做了一个有趣的演讲，谈‘艺术在爱情中的角色'，非常受欢迎。"

原来如此，应该是从这次派对开始的。他当然记得奥托食品节的那个星期六，等他酒醒后已经天黑了，康妮还在旁边呼呼大睡。螺旋楼梯下到一半，他才记起汽车留在了奥托镇外，只好打电话叫出租车。到了家却发现空无一人，临近半夜收到了妻子的短信："我在画廊的派对上，今晚在萨拉家过夜。"杰弗瑞把短信读了两遍，心里感觉怪怪的，已经做好了迎接暴风雨的准备，没想到扑了个空。眼下，一想到那条搭在洗衣篮外的蕾丝睡裙，他就忍不住一阵反胃。这个男人活像一只肥腻的蟾蜍，她怎么受得了？难道说，克莱尔这么做仅仅是为了报复自己和康妮，选择跟这个丑男人上床就因为他是一个畅销书作家？

蒂娜在旁边静静地观察他了一会儿，问道："你还好吧？"

"我该走了。"

"我送你下楼。"眼看他要拒绝，蒂娜马上说："我要出去抽烟。"

到了写字楼外面，蒂娜立即点燃一支香烟，同时打开了话匣子。

"我在报上看到她名字的时候吓了一跳，心想千万别是你推荐给我的那个康妮·拉塞尔……我很抱歉，报纸上说她在自拍时出了意外。"

"嗯……报纸上是这么说的。"

隔着淡淡的烟雾，蒂娜眯起眼睛打量着对方。

"听你的口气……就是还有别的说法了。快点说吧，别吊我的胃口。"

杰弗瑞一耸肩膀说："我怎么知道，我不在场。"

"很抱歉当初我没签下她……她很努力但没有天分，我想你应该看得出来。"她的语气更像在埋怨。

对方满不在乎地耸了耸肩，算是回应。

"她去得这么突然，你一定很难过。"

"她只是我的学生。"

"当然！当然！"蒂娜丝毫没掩饰她的笑意。

杰弗瑞的脑海中闪过一个念头：就是她把那只肥蟾蜍介绍给克莱尔的。刚刚平息下去的怒火又霍地烧了起来。

"就像你说的，市场决定一切，所以我一直把写作班上的学生当成自己的客户来维系，尽我所能来取悦他们，不惜动用一切资源让客户感到满意。否则……就是我失职。"

蒂娜听他说完，微笑着点点头，在垃圾桶顶上戳灭了烟头。

"代我向克莱尔问好。"她加快了步伐往回走，宽大的臀部吃力地配合着。

杰弗瑞到家时已经晚上八点多了，克莱尔只看了他一眼便关掉了电视，从沙发上站了起来。

"你喝酒了？"

"唔……就一品脱啤酒。"

"你疯了吗？你会被禁驾的…弄不好还会判三个月……"

他一屁股跌进沙发里，脑袋往后一仰便闭上了眼睛，两条长腿尽量向远处伸出去。半晌，他才缓缓地说了一句："如果不喝的话，恐怕我会杀人。"

她什么也没有说。杰弗瑞听到妻子进了厨房，冰箱门被打开，还有玻璃杯轻轻碰撞。这里是他的家，他的妻子，然而他的脑海中怎么也抹不掉那张照片：保罗·弗林的胖脸上写满了得意，紧紧地搂着克莱尔。他震惊、他愤怒、他感到恶心，然而他没有理由去责怪她，是自己愚蠢在先。片刻之后，他闻到了她的香水味，然后是她的嘴唇，轻轻地吻在了前额上。杰弗瑞睁开眼睛，伸手接住了妻子递过来的一杯红酒。

克莱尔轻松地盘起一条腿在沙发上坐下来，她用手中的酒杯轻轻碰了一下他的："干杯，为你的新书！"

杰弗瑞一动不动地看着她端起酒杯，感觉哭笑不得，"为了我的新书？你开玩笑吧？"

"我是认真的。今天又读了一遍你的手稿，我真的喜欢这本书，相信很多人会和我一样喜欢它……跟我说说今天开会的结果。"

"哪有什么结果……"他长叹了一声，这一天让他觉得老了不止十岁。

在妻子的坚持下，杰弗瑞讲述了今天和蒂娜谈话的内容，克莱尔认真听着，脸上的表情越来越严肃。等他讲完了，两个人面对面沉默了一会儿。克莱尔起身去厨房取了一瓶红酒，把俩人的酒杯都满上。

"蒂娜签了保罗·弗林。"她突然冒出一句。

"什么？"杰弗瑞叫了起来，随即怒道："我早该想到。"

"我猜蒂娜目前还想保密，是保罗在吹牛时说漏了嘴。他怀疑前任代理人偷他的钱，就雇了私家侦探搜集证据，然后准备起诉……知道吗？保罗在画廊派对上的一个演讲就收费四千英镑，都是蒂娜为他安排的。所以我怀疑……蒂娜在你的新书上到底投入了多大精力。”

杰弗瑞觉得妻子说得在理，但一想到这些信息都是那个家伙在床上吹嘘出来的，五脏六腑忍不住一阵翻腾。

“你怎么了？”克莱尔发现丈夫的脸色不对。

“我……看见你和保罗的照片……还有……你的新睡裙。”

“所以……你就把它们联系到了一起……噢，上帝呀……”

克莱尔强忍着笑把酒杯往咖啡桌上一放，转身就倒在了沙发上。杰弗瑞眼睁睁地看着妻子乐得前俯后仰，直到笑出了眼泪，心里霍地一下变轻松了。

“他长得像只癞蛤蟆，还自以为是青蛙王子，总想蹦到你肩膀上来偷吻……可惜腿太短了……”

这一回两个人都笑倒了，杰弗瑞差点把酒杯扣在沙发上，他的笨拙又引出一阵笑声。也许是太久没这样一起开怀大笑了，反倒成了新鲜的体验。

“所以……不是保罗。”

“不是。”她又端起了酒杯。

杰弗瑞望着妻子，静静地等她往下说。她却忍不住笑了，笑他的好奇心，居然打探起她的私生活了。

“是一个陌生人，早就结束了。”

他点点头，似乎得到了满意的答案，然后郑重其事地说了一句：“对不起。”看妻子扬起了眉毛，他继续说，“你演出的那天，我喝醉了，不是故意的。真的是醉了……失控了。”

“我早看出来了……还是谈谈你的新书吧，你打算怎么办？”

杰弗瑞沉重地摇了摇头。

“答应我一件事，如果这一次成功了，就炒掉蒂娜，我来做你的文学经纪人。”

他疑惑地盯了妻子一会儿，机械地点点头：“当然。”

“没有预算，又想让媒体关注你的新书，这简直是不可能的，所以我们需要制造热点，最好能有一起谋杀。”看到丈夫的反应，克莱尔不禁挑起了一根眉毛，厉声说道，“你知道有多少基于真实案件的小说登上过畅销书排行榜吗？你只盯着写作质量，我收集过数据，做过分析。是案件的热度让人们掏钱买书的。为什么？因为人们不满足，渴望了解案件的每个细节，正是这种贪婪心理让这一类小说畅销的。”

杰弗瑞愣住了，从没料到妻子会讲出这么一番道理。

“可惜呀……”克莱尔啧啧地摇着头说，“如果康妮的死不是自拍意外，而是一起谋杀就完美了，正好能和你的小说情节相呼应。”说着，她意味深长地瞥了丈夫一眼。

杰弗瑞一时不知该作何反应，想了想才说：“如果……确实是意外事故呢？”

“你怎么能确定？你在场吗？”克莱尔的语气有些咄咄逼人。

“我是说……如果……”

“那个星期五的下午你去哪儿了？我回来的时候，你不在家。”

“跟你说过，我写累了，开车出去兜兜风。”

“去哪儿兜风？老谷仓附近？”

“你……”

“亲爱的，你说为了避免丑闻，让我在警察面前为你做证，我做到了。但是……如果想让我帮你推广新书，就必须跟我说实话，而且是全部的实话。”

克莱尔放下了酒杯，目不转睛地盯着丈夫。她突然悲从中来，今天这次谈话会关系到自己的后半生，只可惜一切都是生意，无关爱情。

29 温柔的绞架

这是十月的第一个星期六。经过一早上的遮遮掩掩，快中午时太阳才猛地一下亮出全脸；等人们刚戴好墨镜，那点暖意又被飕飕的小风吹散了。朱迪正急急火火地赶路，穿过教堂前的广场直奔高街另一端的水石书店。她已经晚了，上午十一点是老师杰弗瑞的新书签售活动，班上同学说好了一起来捧场的。平时她总嫌这个市中心太小，今天却走得脚疼。

在英国的每座小城都有这样一条高街，位置上紧邻教堂核心区，商户品牌也出奇地一致。Costa 与星巴克在街上拉开了战线，各把持一头；前脚迈出 Boots 药妆店，走不到五十米就进了 Superdrug 的连锁；Sports Direct 永远在清仓但不倒闭；慈善二手店最爱扎堆儿，银行也都相距不远；新冒出的波兰超市与隔壁中国超市的经营理念不同，除了门口招牌上有俩英文字，店内是一概没有。平日只要到了五点，高街上就像腾空了一样，家家店铺都关门落锁；想趁着晚上有空出来逛商场是没可能的。初来乍到时，朱迪还跟这里的老华侨抱怨过。

“你知足吧，现在好很多喽。我们刚来的时候，星期天是哪里都关门，除了教堂。明明是市中心吧，却连一个人影子都看不见，好像鬼城喔……”一位香港阿姨叹息着，仿佛这种清静不是人间该有的。

朱迪光顾着低头赶路，冷不丁从脚下的石板中射出一股水柱，结结实实地喷了她一脸。她大叫着往后躲，身边立刻传来小孩子的嘎嘎坏笑。她退后几步站定了，抹了一把脸上的水珠，这才看清四下里几十个水柱在一起喷射，随着乐声高低起伏着。原来自己走进了广场上的定时喷泉。刚才那几个笑她的孩子光着脚丫在水柱间跑来跑去，有一个还脱成了小光膀子，勇敢地在秋风中戏水。她一边掏出纸巾擦脸，一边远远地绕开走。也不知道这个城市设计师是怎么想的，就英国这天气，难得有三天连着不下雨，地上还要喷水起哄。她刚才的一头大汗让凉水这么一冲，走在风中只感觉头皮发紧，幸亏起晚了没化妆，否则全冲花了。

今天水石书店的橱窗布置与以往不同。右手边的橱窗正中是一幅巨大的海报，远远望去好像一黑一白的线条在红色背景下勾勒出一个心形。走到近前才发现那是黑天鹅与白天鹅的长颈，它们的头靠得很近，喙部轻触像在接吻。从喙部中央垂下一条反白色的细线，一个小小的人影吊在线的另一端，白色的，纤细的，女人的剪影，她的脑袋耷拉着。下面是一行大字："《温柔的绞架》，杰弗瑞·艾恩斯最新惊悚力作。"怎么又是上吊？朱迪皱起了眉头，想用厌烦将正在泛起的恐惧感强压下去，一瞬间她的鼻孔中又闻到了老谷仓潮湿的霉味。她眨了眨眼睛，橱窗玻璃上映出了自己的脸，一大块纸巾碎屑粘在脑门上，怪不得这一路上老有人朝她笑呢。她拿手胡撸掉又凑近点查看，这下才注意到海报背景中的红色并非平铺的颜色，而是黏稠的、一层叠一层缓缓下流的血液。朱迪啧啧地直晃脑袋，这是要杀出一条血路哇。

别看老师平时对广告宣传总是很不屑的样子，一旦转型起来也够快的。

在左边的橱窗里，卢克偷偷看了一眼手表，再有五分钟他的行为艺术就结束了。每逢周六，水石书店都会搞一个“在橱窗里阅读”的活动，即事先邀请一位志愿者，带上自己的书，坐在书店临街的橱窗里读上半小时，仅仅隔着一扇玻璃，外面是熙熙攘攘的闹市，里面是静谧与书香。半个小时后，会换下一位志愿者接力阅读。谁知今天的志愿者奇缺，卢克在橱窗里足足晒了一个多小时。他今天起个大早，费心配搭出一副随意又知性的派头，眼下却意识到坐久了肚子容易胀气，并不适宜穿带弹力的白T恤。

艾恩斯夫妇是最先到达的一对，卢克刚坐进橱窗里就望见他们一路手牵手，有说有笑地走来。杰弗瑞一身深灰色的西服，黑色丝质衬衫的领口潇洒地敞开着；与他相呼应，克莱尔穿着深V的黑色针织衫配浅灰色阔脚裤，既洒脱又性感。同样是黑色紧身，她却能穿出和康妮截然不同的味道。看来康妮死得很及时，挽救了这一对的婚姻，要不光从外表看，谁会相信这么默契的夫妇曾经有过那么大的麻烦。

卢克的目光在书页上停留了一会儿，但什么都没看进去。他在想自己的婚姻，还有抽屉里那两本已经写完的小说。有一次他听到妻子在电话上跟人抱怨，说别人是足球寡妇，而她是写作寡妇。听妻子的反应，对方大约在安抚她说事情可以更糟，她丈夫可能酗酒或习惯性出轨等。卢克对妻子感到抱歉，她承担了大部分家务还有一份全职工作，所以他一字不漏地记录下偷听到的内容，也许将来会在一本书里用到。一周五天早起赶火车还不够，周末也出去这么早，妻子在他临出门嘟囔了一句。她说的有道理。坐在暖洋洋的橱窗里，卢克眼瞅着就被困意征服了。一个小男孩把脸像煎饼一样摊在玻璃上，很努力地翻着白眼儿，坚持了两分钟却不见里面人有任何反应。有人重重地敲了几下玻璃，卢克“啊——”地一下坐直了身子，橱窗外是丹尼尔和玛格丽特笑眯眯地向他招手。

新书签售在书店的二楼进行，沿着楼梯贴了一排海报引路。大作家的桌子前头已经排起了一队人马，看着都有些眼熟，可能还有日间班的学生。朱迪一上来就和队伍中的熟人挨个打招呼。旁边的空地上立着两个易拉宝，上面分别是作家的推特和 Instagram 简介。克莱尔耐心地帮助一名银发读者在手机上加关注，俨然一副社交媒体运营主管的架势。朱迪不等人家催，加了关注后立刻迎着克莱尔的目光扬了扬手机。

原来现场只售硬皮书，十三点九九镑，朱迪不由得撇了一下嘴；电子书不仅便宜还内置英汉词典，现在她读纸书时遇见生词都习惯拿指头戳了。她听见克莱尔说，希望大家读完之后在 Goodreads 上面写评论，不禁在心里哈哈两声，这么厚一本还指望我读完，您布置的作业不要太多喽。她曾经在 Kindle 上免费下载过一些老师作品的小样，只一两章的长度，多数还没有读完。杰弗瑞本人看着不闷，怎么写出来的东西直教人犯困。

杰弗瑞龙飞凤舞地在扉页上签了名，特意站起身来把书递给玛格丽特。他们上一次见面还是在六月底，这学期上课三周来她一直在请病假。不过她看上去精神很好，粉色的香奈儿夹克衬得人年轻，或者另有原因。杰弗瑞注意到排在她身后的丹尼尔，这两个人站得很近。难怪老阿加莎总在办案过程中硬塞进爱情，可能真是催化剂。

“看到你真高兴。近来好吗，你不能来上课大家都很担心……”

玛格丽特含笑回应着，身体还好，只是需要一点休息。

“你知道我非常看重你的意见，读过之后一定要告诉我，特别是第三十九章，千万别错过。”杰弗瑞握住对方的手摇了摇，又笑着补充一句，“否则你会后悔的。”

“好的，好的。”玛格丽特淡淡地一笑，捧着书走开了。

“我猜这部小说很黑暗。”丹尼尔向前一步把书递给杰弗瑞。

“前所未有的黑暗。也许……”杰弗瑞假装思考了一下说，“不太适合做睡前读物。”

当晚八点，写作俱乐部在红狮酒吧搞了一个派对，庆祝杰弗瑞的新书上市。这间传统的英式酒吧是小城文人的一个据点，在学院寒暑假期间聚在这里吟诗，朗读新作，互相点评，用啤酒与文学充实自己。由于写作俱乐部的经费有限，今晚并没有包场；所幸这个周末没有球赛，否则文学会在球迷的呐喊中败下阵来。

“怎么就你一个人，玛格丽特呢？”朱迪在吧台前遇见了丹尼尔。

他还来不及答话，杰弗瑞也过来拍着他的肩膀问出同样的问题。丹尼尔的嘴角扬了起来，人们理所应当地认为玛格丽特应该和他在一起。

“她说累了，想早点休息。也许这会儿她正躺在沙发上读你的大作。”

笑容在杰弗瑞的脸上绽放开来，他探身去问朱迪：“我想象不出比这更好的娱乐，你呢？”

朱迪呵呵地笑了，心想怎么老师醉了以后嗓门这么大。

一个小时后，丹尼尔不得不去二楼的洗手间清空内存。他觉得有些气闷，随手推开了一扇气窗，有声音从下面的停车场飘了上来。他侧耳一听便关上了水龙头。

“丑闻？只要不是剽窃，对于一名作家来说，有丑闻总好过默默无闻。”这是杰弗瑞的声音。

另一个声音响了起来，应该是个女人，声音极轻且语速急切。有那么一秒钟，丹尼尔甚至怀疑这个女声是玛格丽特。气窗的位置很高，他无法探头去看下面是谁在说话。

“不，不……你误会了，我只是给你一个机会说出真相……回去想一想，等你认真想过就会发现，这是你的最后机会了……”

丹尼尔想凑近窗口去听，胳膊肘却撞上了一旁的干手机，热风轰隆隆地响个不停。片刻之后，干手机的噪声终于安静下来，然而窗外的声音也消失了。难道说杰弗瑞又搞了别的女人，还受到了要挟？就在上午克莱尔还在为丈夫卖力地推广新书。丹尼尔哼了一声，从心底里看不起这个男人。

30 她的临终绝笔

“想来伦敦蹭住五星酒店吗？”

星期天早上六点，宿醉正酣的朱迪就被闺密小青的微信吵醒了。她把眼睛睁开一条缝盯着手机屏幕，心想不会这么早就拿我开涮吧。于是回了一句：“你在哪儿？”

“T5，刚落地等行李。”

朱迪一激灵坐了起来，想了想，然后轻手轻脚地下了床。她进了洗手间，把门一关上就开始哇啦哇啦地语音留言。随后的几分钟里俩人约好了时间，地点。头三天小青先忙公务，到星期三晚上就自由了；朱迪则在周三下午动身去伦敦会合，当晚的写作课只好逃了。日程搞定之后，她一下子来了精神，索性坐在马桶盖上连发了几封邮件，向写作课老师请假，跟中文课的学生商量另择上课时间，接着又查看了火车时刻表和伦敦西区正在上演的剧目。当她重新钻回被窝的时候，不禁心满意足地长叹了一声。差不多有半年时间没进城了，真怀念那里的万丈红尘。睡意渐渐爬上了朱迪的眼皮，就在她迷迷糊糊的当口一个问题滑进了她的脑海：跟小青见了面倾诉吗？提不提老爸的风月债？

星期三下午的火车居然准点进站，而且乘客不多，朱迪一人独享了四人座，心情好得跟去春游一样。她已经决定这次见面不和小青提那件事，见一次不容易，欢乐这么短暂，哪能浪费在重温噩梦上。她对着手机发誓，在伦敦这两天要彻底放松，开心地吃，大声地笑，让灿烂的阳光照进自己的心灵，驱走这两个月来的邪气和鬼影。

坐定之后，朱迪从包里拽出那本《温柔的绞架》，这么贵的一本书不读就亏了。刚一开始，她还以为老师杰弗瑞讲了一个寓言故事。白天鹅奥杰塔和黑天鹅奥黛尔是一对好朋友，尽管在外人眼中，这两个女人没有一点共同之处，连着装风格也是一个清丽，一个冶艳。白天鹅奥杰塔是一位家境殷实的完美主妇，黑天鹅奥黛尔却穷得一文不名，空有当作家的野心。两个人都认为对方的生活状态是不幸福的，所以格外同情对方。白天鹅做梦也没想到，黑天鹅一直在对她们之间的谈话偷偷录音，用来当创作素材……朱迪打了一个哈欠，合上了书。这一回老师的写作风格变化很大，语言直白，节奏也更快，连句子都短了一大截。只不过朱迪此时的心思完全不在书上，她望向窗外，伦敦已经到了。

当晚晴朗无风，两个酒足饭饱的女人在圣·詹姆斯公园周围一通暴走。小青是细高挑尖下颌，有着朱迪梦寐以求的骨感；她不仅说话快，还一句顶十句。朱迪嘴里嗯啊地应着，一双眼睛贪恋着四周的夜景，在她看来，这些明明灭灭的灯火要比村里的满天星光美多了。

“还是城里好吧，后悔了吧。”小青在一旁逗她。

朱迪只是傻笑，头脑轻飘着脚下还算稳当。

“你又胖了。”

“知道……你倒是瘦了。”

“谢谢啊。”

经过白金汉宫侧翼的时候，从一个角门里涌出一群衣着华丽的晚礼服人类。小青先激动了。

“快着点，你眼神好，看看那一堆里面有明星没有？有卷福吗？”

“太暗啦，看不清脸……看体型可没一个像他的。”

“也对啊，没狗仔队就咱俩，能是明星吗？”

借着酒兴，两个女人哈哈大笑起来，在异国他乡的街头享受她们短暂的自由；没有家庭跟着也没有工作追着，不拍照不发朋友圈，只有美丽的夜晚和友情。

“车都藏哪儿去啦？”过了一会儿，两个人不得不分开在马路两边阻截出租车。

吃喝玩乐的日子总是过得飞快。朱迪陪着闺密又耍了一天，星期五起来就准备各奔东西，一个去希思罗，一个奔国王十字火车站。

“看见你一切都好我就放心了。”小青的目光在对方脸上瞄了一眼，又说，“不会跟我也报喜不报忧吧？”

“哪儿能呢。”

“行吧，那我就挥一挥衣袖，不带走一片乌云啦。”

朱迪在回程的火车上睡得很沉，竟然一个噩梦也没做。下了火车才看见手机上有三个未接来电，都是丈夫查利的号码，她一边打着哈欠一边往回拨。

“你回来就好……嗯……出了点事情，不过你先回家再说吧。”查利的声音听上去很平静。

朱迪的困劲还没过去，便没多问。一坐进出租车里，扑面而来的印度音乐震得她五脏六腑全醒了，一下子就从伦敦假期回到现实的麻烦里。到底出了什么事呢？她琢磨着。刚进家门，查利把一封信塞到朱迪手里，信封上是玛格丽特的笔迹。

亲爱的朱迪：

当你收到这封信的时候，我已经不在人世了。我知道这很突然，但是来不及跟你告别了。

我必须向你道歉，不该邀请你陪我去发现康妮的尸体，原谅我。我不知道你童年的遭遇，想象不到这会勾起你那么痛苦的回忆。我太自私了，因为自己不敢面对这一切，所以需要你陪我。

事情还要从头说起。克利夫的死一直让我很内疚。他去世前一天是他的六十岁生日，我们的两个女儿带着全家回来为他祝寿。大概是太忙太兴奋了，我们两个都忘了吃药这件事。如果我记得提醒他，克利夫今天还活着。这件事压在我心头好久了。有一次喝酒的时候，我跟康妮说起了这件事，告诉她我一直不能原谅自己。她却从中获得了灵感，做了一连串“what if”的假设，还说设计漏服药物是最安全最高明的谋杀手段。我虽然不高兴但也没有办法，你知道康妮的做事风格，后来她把假设的情节写进了小说里，还在课堂上朗读了。

当康妮提出要用老谷仓做抵押来借钱自费出版，我答应了她。毕竟，当我徘徊在抑郁症边缘的时候是她帮助了我。我并不需要什么抵押，尤其是那座破败的谷仓，但她必须改掉漏服药物致死的情节。这个要求不是为了我自己，而是为了我的女儿们。她们不知道克利夫的心梗是因为忘记吃药引起的，我没跟她们说实话，怕她们有负罪感。如果不是她们带着孩子来开生日派对，克利夫也许还活着，这会让她们受不了的。

康妮当时答应了，但是她没有兑现。就在上个星期五，计划拍封面的前一天，那一章还是原来的内容，我以为那不是最终版本就问康妮。她说决定不改了，因为她想不出比这个更巧妙的谋杀手段。我们吵了起来，一气之下我离开了老谷仓，开车去了园艺中心。心情不好的时候，我总会去那里。等我平静下来了就想回去和康妮再谈谈。谁知等我一回到老谷仓，康妮已经吊死了。我害怕极了，完全不知该怎么办，只有装作一切都没有发生。原谅我的愚蠢，把你卷进了这么可怕的事情中。

我回想起来，当时跟康妮吵架气急了往门口走时，瞥见楼上卧室的帷幕抖了一下，好像那后面有人。可我那时太生气了，就没有往心里去。现在我知道藏在后面的人是谁了，只能是杰弗瑞。在我和康妮进门之前他已经在那里了，他偷听了我们的争吵，在我离开后他从帷幕后面出来下了楼，在康妮自拍时踢倒了她脚下的凳子，然后看着她吊死。杰弗瑞早就想甩掉康妮了，却被她越缠越死。如今，他剽窃了康妮的小说，还把他的罪行写进所谓“以我为原型”的角色里，文学简直变成了他作恶的凶器。他在书店里叮嘱我一定要看第三十九章，就是在逼我。他需要引起纷争，需要让康妮的案子重启调查，这样才能登上报纸头条，让人们以为他的大作基于真实的谋杀案，是他大胆推断在警方之前揭开了谜底。他让我既害怕又恶心。

我太累了。这场闹剧一旦开场，我永远也别想洗清嫌疑。要知道审判不仅存在于法庭上，也在每个人打量你的目光里。也许只有我的死能阻止这一切发生，否则在流言蜚语中度过余生也太可悲了。我希望自己能有勇气还击并坚持到底，但我从来都不是一名战士。对不起，我让你失望了。

你最诚挚的，

玛格丽特

朱迪愣愣地坐在沙发上，半晌才意识到丈夫查利一直在盯着自己。

“玛格丽特死了？我是不是看错了？”她把信递给丈夫。

“我也听说了，救护车警车都来了，昨天晚上酒吧里都在谈论这事，是你的一个同学丹尼尔发现的尸体。他们都说……像是自杀。”查利一边说着一边飞快地浏览信的内容，他的眉头越皱越紧。

“你打算怎么办？”他晃了一下手中的信纸。

“不知道……也许烧了它。”

“你疯了吗？这么做是销毁证据。如果信里说的都是真的……”

“当然是真的！”朱迪叫了起来，一股无名的怒火攫住了她。

“当然当然……”查利安抚地举起一只手，示意妻子坐回到沙发上，“这说明谋杀案的真凶还没找到，警方需要……”

“那又有什么用呢，人都死了，警方能还玛格丽特一个清白吗？还是会把当年她丈夫的死因也调查一遍，把她全家人都牵扯进来，让她死后都不得安宁……再说了，这是不是我的私人信件？”说着朱迪往沙发背上一靠，翻着眼睛看天花板。查利很熟悉这个表情，妻子的犟劲一上来就不适合再讲理了，一时间两个人谁也不说话。

过了好一会儿，朱迪自言自语道：“你不知道丑闻有多厉害，它能毁了一个人一个家，就像一件又脏又臭的衣服，你走到哪儿还得穿到哪儿，永远也脱不掉……”

查利默默地在桌边坐下，等着妻子开口说出她的故事。他不想催她，一种不祥的预感悄悄袭上他心头。为什么朱迪会选择玛格丽特，而不是将秘密告诉自己？

31 在葬礼上对峙

可怜的克洛伊，怎么也没想不到第一桶金计划在第一次出手时就破灭了。此刻她忙于应对警佐马丁的问题，丝毫不知道在单边镜的另一头希金斯教授正在闭着眼睛倾听。

“就是她！”教授睁开了双眼，对艾伦探长点点头，“她打来勒索电话的时候，一上来就把我的名字 Howard Higgins 读成了 oward iggins，她的 H 音掉得非常明显。当时我就想，好像最近听到过一个这样发音的，但是在哪儿呢？等她第二次打来的时候说有证据，你跟那些女人约会的记录，时间，地点……哈，我一下子想起来了，是那家小旅馆的前台接待，她跟我核对预订信息时也是这样发音 Mr. oward iggins。唔……原来她长这个样子……”说着希金斯教授往镜前凑了凑，小声嘟囔着：“亲爱的，建议你好好补习一下英语，还有就是永远不要勒索一位语言学家，只要你一张嘴，我们就能找到你。”

两个小时后，马丁从盗取的客户信息中发现了一个熟悉的名字，入住时间是 8 月 15 日下午 2：05。该死，这回让探长逮住了。他走访了几户邻居，但没有获得明确证实就没再深挖下去。眼下一想到艾伦探长那张脸，马丁痛苦得直咧嘴。

探长并没有发火，只是让马丁去查旅馆周围的 CCTV 确定克莱尔当天的行踪，他还在想刚接到的那通电话，仿佛所有的线索都选择在同一时间浮出水面。

朱迪赶到格林顿教堂的时候，写作班的老师和同学都到齐了。天气出奇地好，天空蓝得透亮，让她想起了玛格丽特那件婴儿蓝羊毛衫。已经深秋了，树上的叶子还没有落光，这边火红那边金黄。几句寒暄过后，大家不约而同地陷入了沉默，像一组黑衣木偶排列在教堂门口。玛格丽特为什么会服安眠药自杀？她的死是否与康妮的意外身亡有关？这些问题在每个人心底翻腾着，但不适合在葬礼上公开讨论。朱迪发现克莱尔在跟一位金头发的孕妇交谈，孕妇摇了摇头，她有着和玛格丽特同样湛蓝的眼睛。众人开始往教堂里面走，朱迪有意跟老师夫妇拉开了距离。伊芙琳挨着她坐下来，朱迪知道对方有话想问，可惜自己什么也不能说。

葬礼的仪式很简短。朱迪完全没去听牧师在讲些什么，她在忙着盘算别的事。玛格丽特的两个女儿坐在前排，身边还有三个不停转动的金色小脑袋瓜，她突然觉得很对不住他们，好像自己是个多管闲事的外人。众人起立，灵柩被高高举起扛在了肩头，在教堂外迎接它的是一辆童话般的白色灵车，两匹雪白的高头大马，背上披着白绸巾，头上戴着一支白羽毛。这简直是白天鹅的葬礼。透过灵车的玻璃，能看见一只小小的黄玫瑰花环摆在灵柩上方。朱迪也送了一大束黄玫瑰，她知道玛格丽特会喜欢的。

一位身穿黑色燕尾服的老先生走在灵车的最前面，他头戴黑色礼帽，手持一根银柄黑手杖，每一步都迈得稳健而庄严。灵车将环绕村子一周再回到教堂墓地，一行人跟在后面缓缓地走。这是玛格丽特的最后一程了，所以要慢一点，就这么一步一步地陪她到终点。

朱迪在人群中看到了眼睛通红的丹尼尔，见他跟杰弗瑞并肩走在一起便没过去打招呼。她和伊芙琳同时放慢了脚步，拉开了和那两个人之间的距离。

“你看了杰弗瑞的新书没有？”伊芙琳低头问道，宽大的帽檐挡住了她半张脸。

“还没看完。”

“认出黑天鹅是谁了吗？”

两个人的目光遇到一起，朱迪的口型在说：“康妮。”对方点了点头。

“一听说玛格丽特的事情，我就连夜读完了那本书，太可怕了……你懂我的意思吧，不是书吓人，而是……万一书里写的是真的。”伊芙琳紧张得两眼发光。

“那是小说，全是假的！”朱迪努力控制着音量。

“嘘……你别生气，我又没说白天鹅就是……”伊芙琳飞快地向四下扫了一眼，声音压得更低了，“我只是觉得这故事里面还有故事。”

“呃……什么意思？”朱迪真没听懂。

伊芙琳叹了口气，也不知对方是智商不够还是英语不灵。“我是说……我们都是准作家，他是真作家。如果他愿意，他可以把黑天鹅写得让人认不出来，但是他不。为什么？我猜他就是想让读者去对号入座。”

是了，这跟玛格丽特信里说的一样。朱迪那颗悬着的心终于放松了一点，看来自己的直觉并没有错。

“你有没有读过康妮要出版的那本小说？”见对方直摇头，伊芙琳失望地一撇嘴，“如果能把这两本书对照来读，那就有意思了。”

朱迪扬了扬眉毛：“你是说……”

伊芙琳刚要开口，就见一个身影走到了她面前，连忙改口道：“你的新书差点把我吓死了，我要双倍索赔。”

杰弗瑞只给了她一个微笑，转头问朱迪：“你还好吗？”

伊芙琳立刻明白了眼前的形势，她跟朱迪说了一句：“我们回头再聊。”于是加快脚步去追赶走在队伍前面的佐伊。朱迪的目光追随着她的背影，故意不说话也不看走在旁边的杰弗瑞。

“我猜你现在一定很难过。”两个人在沉默中没走出多远，杰弗瑞首先开口了。

“你不难过吗？”

“当然，我也很难过。玛格丽特在诗歌方面非常有天赋，她的诗很细腻，意境也很美。”

该死，他的英音真好听，如果这番话是发自真心的该有多好。朱迪在心底一声叹息。

“我听说玛格丽特留给你一封信。”

“呃——听说，听谁说的？”朱迪本能地反问道。

对方讪讪地笑了：“说实话……这是作家的直觉。”

朱迪也笑了，所以自己是No. 3。先是克莱尔跟玛格丽特的女儿确认，然后是丹尼尔，现在轮到自己了。她望着老师的眼睛，轻声说:“你作家的直觉真准。”杰弗瑞的眼睛亮了，确实亮了，她没有看错。

“玛格丽特在信中跟我讲了一个故事，但我不敢相信，实在太荒谬太离奇了。”

“也许……她说的是真的，要知道，事实比小说更离奇。”

眼瞅着老师一脚踩进圈套，报复的快感像肾上腺素一样在她体内释放，朱迪深吸了口气，开始讲述她自己的推断。

等到玛格丽特开着她的宝马走远了，杰弗瑞才从帷幕后面现身。他谎称在等候康妮，想给情人一个惊喜，不料她和别人一起回来，自己只好躲避一下以免尴尬。

刚才的争吵似乎并没影响康妮的心情，她兴奋地向他展示新书封面的设计草图，接着又拿出绳索来演示。让杰弗瑞吃惊的是，她三两下就打好了一个标准的绞索结，说这是前一晚跟着视频现学的。老谷仓的房梁很高，康妮从吧台前搬过来高脚凳，踢掉了高跟鞋，踩着凳子的撑木往上爬。杰弗瑞双手插在口袋里并没有上前帮忙的意思，康妮的动作中有种驾轻就熟的感觉，让他看了不是很舒服。

康妮手上忙着，嘴里也说个不停:“你真应该看看她当时的表情，那个老太太一下子从绵羊变成了狮子，她简直想杀了我。”

“你不担心吗？”

“担心什么？担心她杀了我?!”

“通常来讲，第二次谋杀要比第一次容易得多。”杰弗瑞的声音干巴巴的，仿佛在讨论一个学术问题。

“如果……她杀了我，又能怎样？”康妮居高临下地望着他。

“这个嘛……我会很伤心，但你的新书会大卖。”

康妮笑得差点从凳子上栽下来，双手抓紧房梁上垂下的绳索才稳住。杰弗瑞的笑容有些勉强，假如这个疯女人发现了他的新书会怎么样？她会不会告他剽窃？把他们俩往来的邮件公之于众？在社交媒体上一章一句地对比两本书？如果他能赶在她之前出版，情形就大不一样了。

杰弗瑞的思绪又回到他的书上，康妮在说着什么但他没有听见。他闭上了眼睛，试图将自己的双脚塞进玛格丽特的Jimmy Choo里，臂上挽着她的手袋……如果康妮死了，日子是不是就能和从前一样，没有敲诈没有丑闻……但我受不了血腥场面……怎样才能让这个疯女人永远沉默……必须好好计划……最好是一起事故，是她自己犯了一个……

“咚——！”

杰弗瑞猛然张开双眼，只见高脚凳倒在地上，康妮的身体被吊在半空中，双脚踢腾着，一双手企图抓住勒在脖子上的绞索，喉咙里发出奇怪的闷响。

看到康妮鼓出的双眼正瞪着自己，杰弗瑞向前冲了两步就停住了，伸出去的双臂也突然放下来。玛格丽特的声音在他脑海中响起：如果康妮发生了意外……很多人都会在自拍中出事……而那一刻我偏偏来不及救她……就几秒钟，五秒钟，十秒钟，二十秒……是不是问题就解决了？杰弗瑞第一次感觉自己真正走进了人物的内心，那是一种灵魂被吸附的感觉，玛格丽特占领了他所有的意识和感官，他想抓住机会榨取出更多更深邃的东西。我是玛格丽特，我期待的机会终于来了，现在我该怎么办？杰弗瑞喃喃地说着，他想象着玛格丽特向她的朋友看了最后一眼，康妮的样子可真像鬼，一个吓破了胆的鬼。然后呢，她很可能无法面对这样残酷的场面，所以她慢慢地转过身去，背对着将死的朋友，闭上了双眼，还用手捂住了耳朵，就像这样。于是他这么做了。

等他放下捂住耳朵的双手，周围出奇地安静。直到他转回身来看见康妮的尸体直挺挺地挂在半空中，杰弗瑞才醒过来。他一个人和一具尸体在远离城市的老谷仓里，他该如何解释这一切？他迅速逃离了现场，就像一名真正的凶手应该做的。他没有杀康妮。他只是没来得及救她，任由她被勒死，这能算是谋杀吗？他失神了，作家经常会这样，像掉进一个构思的黑洞里，等他醒过神来一切都太晚了。杰弗瑞努力镇定下来，他没有谋杀康妮的动机，想让康妮去死的是玛格丽特，这个谋杀罪名必须由她来背……

“很有意思，可惜不是真的，都是你臆想出来的。”杰弗瑞冷冷地说。

“真的吗？从你脸上的表情看，至少有几处细节绝对真实。”

杰弗瑞刚要反驳，背后传来了克莱尔的声音：“一个字都别再多说！”

她走到近前，手臂搭在杰弗瑞的肩上耳语道：“艾伦探长在找你。”随即拍了拍丈夫的肩膀，似乎在给他打气。两个女人都望着杰弗瑞远去的背影，谁也没说话。朱迪抻长了脖子希望能看到逮捕的场面，她恨不得立刻跟过去瞧，但克莱尔挡在了她的面前。

“知道吗，要真正了解一个人需要很长时间。我很清楚杰弗瑞没有杀人，他要是有那个胆量早就跟我离婚了。”见对方没有吭声，克莱尔忽然模仿起朱迪的口音，“你是他妻子，你肯定这么说。”

朱迪又惊又气，她居然把自己的中式英语模仿得惟妙惟肖。克莱尔微微一笑接着说道：“我觉得你太着急了，太急于交到朋友，这样容易被人利用。”

朱迪直视着她：“我不明白你在说什么。”

“你当然明白了，只是不愿接受。你愿意相信的是，我所说的一切都是在为我丈夫开脱。建议你别再扮演业余侦探了，这么做很危险。”

“这是威胁吗？”

克莱尔笑得花枝乱颤：“你可比我想象的笨多了，不过作家的固执你已经具备了……”她突然停住了，顺着朱迪的目光转过头去，警佐马丁正向她走来。

“还有你，艾恩斯太太，也需要你一起协助警方调查。”

32 金匕首之夜

英国作家杰弗瑞·艾恩斯的心理惊悚小说《温柔的绞架》迄今已连续十周位居美国时代小说类畅销书的榜首（纸书及电子书）。很多评论家将此书视为继2012年《消失的爱人》之后又一部深入剖析女性犯罪心理的佳作。目前，小说在英国本土已售出一百万册，连续十三周雄踞硬皮书销量第一的宝座，它也是本届金匕首奖夺冠呼声最高的作品，大奖的最终结果将于今晚在伦敦农庄城市酒店举行的颁奖典礼上揭晓。

经过一番激烈的角逐，梦工厂最终签下了这部小说的电影改编制作权；至于书中两位相爱相杀的女主角由谁来饰演一直众说纷纭，超过三万书迷在网上投票选出自己心目中奥黛尔和奥杰塔的最佳扮演者。

作为本年度最热门作家，杰弗瑞·艾恩斯一直处在道德争议的风口浪尖上。如果一起谋杀就发生在你身边，你会作何反应？有趣的是，据剑桥郡警方发言人称，目前尚无足够证据显示康妮·拉塞尔之死是一起谋杀。假如康妮确实死于自拍意外，那么她的情人近在咫尺却未能出手相救。对于自己的不干涉不作为，作家给出了如下解释：

我觉得自己更像一名战地记者。当事件发生的那一刻，我的使命是按下快门，而不是冲上前去阻挠干涉。此外，我必须重申一点：我不是这起命案的目击者。在当时的条件下，我无法看到具体发生了什么，只能听到一些声音，只言片语。等我把这些信息碎片在头脑中拼接起来的时候，一切都太晚了。对于康妮的死，我感到万分难过，她是一名有才华、充满创作激情的作家，但我无法改变她的命运。

显然，作家这一席话并未说服所有人。有人在脸书上发起倡议，抵制《温柔的绞架》一书的发行，称其为“有史以来最冷血的偷窥”；截至发稿时已征集到三千二百七十五个签名。然而对于大多数读者来说，作家的潜在负罪反而增添了故事本身的悬疑色彩；道德上的孰是孰非暂且不论，他们最感兴趣的是从一页页扑朔迷离的谎言下面找出真凶……

杰弗瑞放下了手中的报纸，站起来走到窗前。圣诞节前的伦敦就是一座巨大的发电厂。街道上挤满了忙碌而兴奋的人们，紧裹的大衣下面是缀满了亮片的派对礼服，和满街的彩灯一样准备闪耀到天明。也许人生就是一场无谓的庆祝。他看了一眼手表，是时候去冲个澡换衣服了，克莱尔很快就会回来。经历了一个下午的SPA按摩和美容美发，她必将是今晚镜头前最光彩照人的一个。此时此刻，他只想在沙发上躺一会儿。最近他见了太多的人，说了太多同样的话，今晚，如果幸运的话，他还有很多话要说。他把手指伸进口袋，那张薄薄的纸上写着他的获奖感言。不，他不想再修改了，一个字也不改。他一把抓过靠垫，在沙发上倒了下去。

入住这家五星酒店的豪华套间是克莱尔的安排，为了在颁奖期间方便记者采访。自从一个多月前，杰弗瑞炒掉了代理人蒂娜，所有的出版、授权及公关事务都由克莱尔一手操办。她几乎是立刻进入了角色；天赋的社交能力、商业嗅觉和文学素养，令她游刃有余地应对媒体、编辑和电影公司，仿佛她经历的一切都是在为这个角色做准备。至于他自己是否也进入了角色，杰弗瑞却不太肯定。在登上了本年度作家收入排行榜的前十名后，他毫不犹豫地辞去了学院的教职，虽然这是他多年来的心愿，但真做起来却不及想象中那般痛快。

就在昨晚，他梦见了康妮。无论是在康妮生前还是死后，这都是头一次。在和妻子做爱之后，他四肢舒展地躺在酒店的豪华大床上，没有丝毫的征兆，康妮的黑影就滑进了他的梦里。她冰凉的指尖像裁纸刀一般轻轻划他的前额、鼻梁和嘴唇，带点威胁又像在挑逗；智者的头颅，她曾经这么一边说着，一边用手反复摩挲。杰弗瑞的鼻孔中充满了她的香水味，却看不清她的脸。康妮的手指开始往下移，划过他赤裸的胸膛一路向下。“我要在 Radio 4 上做广告，电台广告比电视广告便宜多了，你别太小气……”她把每个字吹进他的耳朵里。他忽然感觉出她指尖的力度，还来不及喊叫，血就涌了出来，但是黑色的，如同一条黑亮的虫子爬向他的股沟。“你把它藏在哪儿了？”这是玛格丽特在吼叫，老谷仓在她的咆哮声中倒塌了，粗大的房梁向他脸上砸来。杰弗瑞一下子醒了。屋里很黑，一时间他什么也看不见，耳畔只有克莱尔均匀的呼吸声。他庆幸自己没有喊出康妮的名字。

杰弗瑞在沙发上挪动了几下，好让自己更舒服一点。克莱尔选择这个套间也是为了方便他随时写作，无论是醒着还是睡着。他们还没有谈论过他下一部书的写作计划，但他知道时间紧迫。克莱尔对近几年的畅销书市场做了分析，总结了一张大众媒体对于畅销书关注度的走势图，时间轴上还有同名电影的制作周期，预热宣传及影院上线时间。那些五颜六色的标注让杰弗瑞感到目眩，从来没有人为他做过这些。

“在这儿。”克莱尔用笔在时间轴上一指，说道，“明年六月初，开始上电影的预告片，报纸上、网上、公共汽车上都会看到这部电影的广告，这也是你推广下一本书的最佳时机。”

她停顿了一下，杰弗瑞明白她心里早已倒推出新书的出版时间，以及什么时候必须交初稿。克莱尔接下来解释该如何利用电影宣传的热度来提升作家本人的知名度，在哪些时间点需要他出现配合。杰弗瑞望着妻子，由衷地佩服她的学习能力，只不过一两个月的光景，她俨然成了出版界的公关专家了。或者有谁为她暗中指点，难道她又交了新男友？这不太可能，他们俩几乎是在同一时间选择了回归，是这起谋杀挽救了他们的婚姻。况且，他再也没见过那条故意落在洗衣篮外的睡裙。

也许，他应该感激康妮，倒不是因为那段情事，而是她的死成全了他。如果不是从她那里学到了偷录的技巧，他不会时刻都把录音笔带在身上。每次想到这个，杰弗瑞都忍不住心悸。玛格丽特在遗书里做了最后一搏，她不仅否认谋杀亲夫，还将杀死康妮的嫌疑推到了杰弗瑞身上。幸亏他有现场的录音证据，否则真是有口难辩。杰弗瑞冷笑了一声，也许玛格丽特到死也不承认康妮是被她吓死的，是她的突然爆发让康妮慌了手脚，才会踩翻凳子。当然自己的小说里没有这样写，读者需要一点动作戏。不过，他确实低估了这个老太太的智商。玛格丽特把遗书留给那个中国女人，而不是自己的女儿或是一心想娶她的丹尼尔，因为这些人里只有朱迪一定会把遗书交给警方。她相信玛格丽特说的每句话，作为外国人，她对在这样一个小村子里引爆丑闻没有太多顾虑。

他听见门开了，克莱尔飘了进来。她身穿一条酒红色的丝绸长裙，一条金色的小蛇攀缘在她裸露的手臂上。

“还不换衣服，车子已经到楼下了。”她伸出一只手来拉他。

杰弗瑞握住妻子的手腕用力往怀里一带抱紧了她。克莱尔咯咯地笑了。她的香水换了，闻起来很贵。

“你真美。”他用鼻尖轻蹭着她的耳垂。

长裙的颜色让他想起了老谷仓楼上的天鹅绒帷幕，在那漫长的一刻，他就躲在幕布后面，拿着录音笔的手在不住地颤抖。只不过天鹅绒和丝绸的质感不同，前者摩擦在手背上有温度，后者却凉如水。

“我知道。”克莱尔笑着推开他，说道，“但今天晚上，你是主角。”

“你怎么知道我能赢？”

“我二十年前就知道！”

杰弗瑞一把抱住了妻子。他就这么一言不发紧紧地抱住她，好像在从她体内汲取着能量。越过她的肩头，他注视着壁炉中摇曳的电子火苗，看它们一刻不停地舞蹈，美得让人忘却了真假。

后　记

早上起来，丹尼尔从客厅窗口望出去感觉少了点什么，原来是门外的“出售”木牌不见了，估计被昨天夜里的大风刮倒了。他找出锤子，披上件外套就走出来，外面比他想象的要冷。明知这么做意义不大，他还是扶起木牌换了个地方往下砸。中介公司警告过他，从圣诞节到一月份都不会有人来买房的，这是地产市场的休眠期，看房的恐怕要等到明年春天才会出现。这一回他把木牌砸得挺深，希望能站得久一些。丹尼尔明白，换个地方也未必能重新开始，但他确实需要换个场景。

场景，他琢磨着这个词。假如玛格丽特当初没有去上写作课，她就不会遇见康妮和杰弗瑞，也不会被卷进这场阴谋与谣言的旋涡里。他经常在酒吧里听到有人提起她和克利夫的名字，他恨那些一张一翕的嘴，然而杰弗瑞和他的大作总在电视中露面，让这件事的热度迟迟不能退去。

他一抬头，看见邻居的篱笆上落着一只橙球般的罗宾鸟，正在一动不动地盯着他。丹尼尔走近了一点，罗宾挪动了两下并没有飞走，还是炯炯地望着他。

“你是……从玛格丽特那里来的吗？”他轻声问，似乎怕被邻居听到。罗宾还是盯着他不动。

“她有什么话想告诉我？是不是后悔没有写信给我，而是寄给了那个蠢货？”丹尼尔的眼眶湿润了。

可怜的老玛格丽特，她太敏感太脆弱了，而这是一个太过野蛮的时代，每个人都想利用别人的故事发财。漏服药物致死算什么谋杀，任何人都可能犯这样的错误，没有一个法庭会给她定罪。然而杰弗瑞在小说里把她写得那么冷血，先除掉了丈夫然后是敲诈者。小说中借用了不少现实生活的细节，让人一眼便能认出白天鹅奥杰塔的原型是谁。丹尼尔不禁打了个冷战，在读到老谷仓那一章的时候，他紧张得透不过气来，脑海中仿佛出现了玛格丽特，不，白天鹅奥杰塔向前迈了两步，一个轻盈的踢腿动作，高脚凳便倒下了，那个和康妮一模一样的奥黛尔便吊在了半空中。

“千万别错过第三十九章。”在水石书店里，他站在玛格丽特的身后听到了这句话。杰弗瑞为什么要这么说？还有在酒吧洗手间里偷听到的那句“这是你最后的机会了”，难道都是恫吓？丹尼尔使劲甩甩头，这一瞬间的怀疑也让他感到羞愧。谣言最可怕的一点就是它有可能是真的。不远处传来小狗兴奋的叫声，接着朱迪牵着狗出现在街角。见她朝这条路上走来，丹尼尔便抡起锤子在木牌上狠砸了两下。朱迪的“早上好”还没说完，对方早已转身进屋，重重地摔上了门。

大清早撞上这个倔老头儿真是自讨没趣，朱迪气哼哼地往家走着。她能理解丹尼尔的怒气，那些小报对于玛格丽特和康妮之死的深度挖掘又不是自己造成的，假如他能亲眼看到玛格丽特那封信，就会明白自己必须把它交给警方的苦衷了。不过从目前的结果看，自己的做法不仅没能为玛格丽特讨回正义，还结结实实地帮了杰弗瑞一把。这对夫妇在葬礼上被警方请走协助调查，听说几小时后就没事了，之后更是在新闻媒体上频频露面，成了文坛上风头最劲的一对夫妻搭档。想到这个朱迪也挺后悔，她曾经打电话咨询过，艾伦探长的态度和她当初交出信件时完全两样了，一问是证据不足，再问就无可奉告。

一进家门朱迪便直奔厨房给自己沏了杯茶，双手捧着马克杯暖和一阵。她发现窗外的李树已经掉光了叶子，光秃秃的细枝上挂满了水珠，看上去颇有些哀怨，仿佛它就这么站在当院里哭了一夜。离圣诞节还有两个星期，照这样子下雨，白色圣诞节肯定要泡汤了。

邻居家的房檐上早早挂起了彩灯，到了晚上华丽得像一排水晶瀑布。朱迪还没有为过节做任何准备，这些日子她似乎没有心情做任何事，除了出去教两三节中文课便窝在家里，写作课早就不上了。眼看这一年还剩下不到二十天，朱迪觉得自己必须做出点积极的改变，像玛格丽特说的:忘了过去，才能继续往前走。不如尝试一下断舍离，该扔的就扔。

她果断地拎起自己的大书包，哗啦一声将东西全倒在餐桌上。糟糕，小熊糖的袋子破了，黏糊糊地粘在了录音笔上。她皱着眉头捏起录音笔。突然她愣住了，两眼直勾勾地盯着上面的emoji贴纸，这是一张“笑出眼泪”。不对，这张是在她刚买回家时贴上的，后来被蹭掉了，她就又贴了一张“我汗”。难道是自己记错了？她赶忙从抽屉里头翻出那一整张水晶贴纸，上面没有重样的表情，只有两个空洞。朱迪一下子跌进沙发里，她需要好好想想。

这支录音笔她也就用过两三次，朱迪不习惯听自己的声音，感觉像被人掐着脖子一样。最后一次把它找出来是在玛格丽特家拿给探长看，就在那时发现贴纸不见了。她戴上耳机听了听，果然是自己的声音。朱迪慢慢摘下了耳机。眼下摆在她面前的事实有两点：一是自己的录音笔和康妮的一模一样；二是警方一直在找康妮的录音笔。有没有这种可能，自己拿给探长看的那支录音笔压根就没有贴纸，而不是被蹭掉了？朱迪倒吸一口冷气，能在录音笔上做手脚的除了自己，只有……但她为什么要这么做？难道杰弗瑞小说里写的是真的？难道那封信里都是谎话？一个细细的声音在她心底尖叫着："她邀请你一起去发现尸体……她选中你做证人……"

在自己晕倒之后发生了什么？朱迪闭上眼睛试图里出一条线索。玛格丽特找到了康妮的录音笔，并把它藏在自己的书包里。"她害怕了。"朱迪喃喃自语着。她还记得在救护车上醒过来的时候，玛格丽特看上去很紧张，一把握住了自己的手。"她不是在担心你，她刚搜过你的包拿走了录音笔，可惜呀……她不知道你有一支一样的。"

朱迪就这么瘫在沙发上，思前想后，把头脑中的信息一点一点地拼凑起来。有一点记不清了，就是当她把录音笔拿给探长看时玛格丽特脸上的表情，她一定吓坏了。至于她是什么时候调包的，自己就无从知道了。玛格丽特有一种让人迅速喜欢上她的能力，你会不由自主地信任她，愿意为她做点什么。这不禁让朱迪想起了父亲，他们两个是同一个类型的人，假使不出意外的话，他们会一直可爱下去。朱迪苦笑着晃晃脑袋，忽然觉得自己真看开了。大概是冥冥中的天意，从“笑出眼泪”到“我汗”，玛格丽特的细密心思竟然被两张 emoji 出卖了。

“可怜的玛格丽特，你忘了戴眼镜。”

已经过了午餐时间，警局餐厅里空荡荡的，墙上的电视机在无声地播放着新闻，一株圣诞树独自立在窗前，身上的彩灯一明一灭，唯一的声响来自角落里的两名男子。

“想不通她为什么要自杀。杰弗瑞的录音只能证明这两个女人发生过激烈的争吵，玛格丽特有谋杀康妮的动机，但像杰弗瑞小说里写的，她像刽子手行刑一样踢倒康妮的凳子，纯粹是他作家的想象，没有证据支持。”马丁看着探长，等对方点了一下头才往下说，“至于克利夫的死因，就算我们开始调查，法医能发现什么？很难证明漏服药物是她有意设计的。再说我们一直也没找到那支录音笔。”

“所以她完全没必要自杀。”艾伦探长放下咖啡杯。

“嗯……除非她有严重的抑郁症。”

探长摇了摇头说道：“杰弗瑞的小说不过是小说，他自己也清楚那不是真的。我不信他没有偷看，人都是好奇的。”他说着两手一摊，“只是我们无法证明这一点。至于克利夫的死因嘛，最让玛格丽特害怕的就是警方开始调查。还记得她的故事吗，克利夫死前一天是六十岁生日派对，两个女儿带着全家来给他庆祝，太兴奋了，日常的生活规律被打破了，所以忘记吃药。假如不是像她说的这样，克利夫在那一天不仅吃了药，服药的时候还有女儿在场，甚至给他倒了一杯水。一旦我们开始调查，她的女儿就会明白事情的真相——是自己的母亲害死了父亲。也许女儿会保持沉默，为了家庭的名誉不戳破母亲的谎言，但在私下里跟她决裂。而这是玛格丽特无法面对的。”

马丁默默地点着头，玛格丽特总让他想起安妮姨妈，她宽敞的厨房，还有大黄酥碎。电视新闻里正在重播昨天晚上金匕首奖的颁奖典礼，身着晚礼服的克莱尔和杰弗瑞像电影明星一样被记者包围着，马丁指着屏幕让探长看。

“他一直是幕后推手，鼓动康妮自费出版，让这两个女人冲突升级，最后看着他情人吊死，我们却不能拿他怎么样。”

探长没出声，托着下巴看电视新闻。克莱尔就像刚赢了奥斯卡的影后，仪态万方地微笑着，显然她比丈夫更受摄影师的青睐。探长还记得把他们夫妇从葬礼上带回局里，这位优雅的美人瞬间崩溃了，嘴唇颤抖着，纤细的手指绞在一起。她说为自己感到羞耻，后悔对警方撒谎，但她不愿对任何人承认自己在那天下午所作的一切；先是被年轻的情人甩掉，回家的路上又撞见丈夫去赴约，出于嫉妒她尾随丈夫到了老谷仓附近，但她没有下车。理智在最后一刻战胜了疯狂，于是她掉转车头回了家。当杰弗瑞恳求为他做证时，她知道丈夫没有杀人的胆量，为了避免卷入丑闻她只好答应了。克莱尔看上去那么无助，回答问题时思路却很清晰。最后，因涉嫌妨碍司法公正，夫妇二人均受到了警方的正式警告。克莱尔把头埋得很低，然而在迈出门口的一刹那，探长瞥见她舒了一口气。所以这是他们意料之中的结果，而今天这一番坦白也许是他们计划的一部分。

马丁见探长不说话，脸色越来越阴沉，开始担心自己刚才的抱怨戳到了痛点。

“多么完美的一对。”探长说着手指着电视屏幕，“他不过是拿着笔的那只手，而她才是幕后的脑子。”探长一口喝光了剩下的咖啡，把杯子一推说，“跟我出去一趟。”

“去哪儿？”

“去找那支录音笔。”

马丁愣在了原地：“可是……她家里都搜遍了也没有……”

“我们漏了一个地方。”

格林顿教堂外面的街道上停满了车，这是教堂一年中最繁忙的时候。三点多钟天色便渐渐转暗，树上围墙上的彩灯也陆续亮了起来。马丁跟着探长在教堂墓地里兜兜转转，最终停在一座墓碑前。探长从包中掏出一根不锈钢扦子，然后蹲下身去在花盆的土壤里插来插去。几下之后探长停住了，扦子的另一头好像碰到了什么东西。回到警局，马丁小心翼翼地从花盆中挖出录音笔并交给了技术部，没过多久汤姆便找回了删掉的文件。

耳机里传出的声音既熟悉又陌生：“……他把我的鞋全毁了，一双也没放过……那是最后……一根稻草。说来奇怪，真的很奇怪，你看这么多年我都下不了决心的事情，就在那一秒钟……决定了。他必须死，否则我没法活……”玛格丽特的声音带着明显的醉意，更像在自说自话。

“倾诉是一件很危险的事，尤其是不能跟作家倾诉。”探长郑重地朝汤姆点点头，后者咧嘴一笑。

“她为什么要留着它？”马丁也摘下了耳机。

“也许她认为那是它该去的地方，和克利夫在一起。一个是虐待她的丈夫，一个是敲诈她的朋友。”